アンブレイカブル

柳 広司

角川文庫
23980

目次

鳥たちの歌

雲雀《ひばり》

1

約束の時間ちょうどにドアを開けて部屋に入ってきたのは、あごの細い色白面長《おもなが》の顔に、にこにこと穏やかな笑みを浮かべた若い男だった。髪をきちんと撫《な》でつけ、紺ラシャの外套《がいとう》の下には安物ながらよく手入れの行き届いた灰色の背広姿、おまけに書類でぱんぱんに膨らんだ革の折り鞄《かばん》を小わきに抱えている。

「なんだか、銀行員みてえだな」

谷勝巳《たにかつみ》は、長年の野外労働で鉄錆《てつさび》色に日焼けした顔にあてが外れたような表情を浮かべて呟《つぶや》いた。

「この人が、小説家なのかい？」

隣に座る萩原純彦《はぎわらすみひこ》を肘《ひじ》で小突いて尋ねた。漁師が本業の谷とはちがい、萩原は元学生だ。大学を出たんだから、小説家と銀行員の見分けくらいつくだろう。

そう思ってこっそり尋ねたつもりだったが、あいにく漁労が用意してくれた小部屋は野外とちがって声が響く。

「銀行員ですよ」

若者がくすりと笑い、部屋中央に置かれた長机の反対側、谷や萩原と向き合う席に腰を下ろしながら自分で答えた。

谷は萩原と顔を見合わせ、首をひねった。彼らが待っていたのは〝プロレタリア文学の旗手〟〝気鋭の小説家〟の小林多喜二《こばやしたきじ》のはずだ。

「部屋を間違われたのではないですか？」萩原がおずおずと申し出た。

「いえ、そうではなく……申し遅れました。私はこういう者です」

若者は上着のポケットを探り、二人の目の前にそれぞれ名刺を差し出した。


北海道拓殖銀行小樽《おたる》支店調査係　小林多喜二

谷は机の上の名刺をとりあげ、フン、とひとつ鼻を鳴らした。

名刺を裏返し、明かりにかざしてみる。それから、名刺と正面の面長、色白の若者の顔を交互に見比べながら、

「つまり、こういうことかい？　あんたの本業は小説家じゃなくて、銀行員。銀行勤めの傍《かたわ》ら、小説を書いている」

「有《あ》り体《てい》にいえば、ええ、そのとおりです」

若者は相変わらず屈託のない笑みを浮かべて、てきぱきと答えた。

「小説だけで食べていくのは、なみ大抵のことではありませんからね。銀行勤めは毎月きちんと給料が出るというので、母も喜んでいます」

谷は首を捻《ひね》った。なんだか聞いていた話とちがう。初手から、どうにも調子が狂う感じだ。

「それで、えー、今日は小樽から、わざわざ僕たちの話を聞くために函館《はこだて》までいらしたのですか？」萩原が尋ねた。

「こっちに学生時代の友人がいましてね。彼のつてで、お二人を紹介してもらったのです。なに、小樽から函館までなんてどうってことありません。すぐですよ、すぐ。……あれっ、おかしいな。どこにいったかな」

多喜二は鞄の中身を引っ張り出し、机の上に広げながら答えた。長机の上はたちまち雑然とした資料やノート、雑誌、書きかけの原稿などでいっぱいになった。

「あった、あった。これだ。さっ、これでよしっと」

多喜二は見るからに使い込んだ手帳と、筆入れから取り出したちびた鉛筆を両手に構えて、満足げに呟いた。顔を上げ、二人に向き合い、

「今日はよろしくお願いします」

改めてそう言って、頭を下げた。

「あんた、蟹工船《かにこうせん》について聞きたいんだって」

谷は、最初の戸惑いから気を取り直して尋ねた。

「なして、あっただ地獄《ぢごく》に興味があんだべ？」

「じごく、ですか」

小林多喜二は手帳から顔をあげ、興味深げな表情を浮かべた。

「蟹工船乗る者《もン》はみな『おい地獄さ行《え》ぐんだで！』、そんなふうに言ってる」

「なるほど」

多喜二は感心したように頷《うなず》き、手帳に鉛筆を走らせた。

「地獄かどうかはともかく、何しろひどいところですよ」萩原が顔をしかめ、吐き捨てるように言った。「二度と乗りたくない」

「そのひどい地獄――蟹工船には、どんな人たちが乗っているのです？」

「おいおい。話ってェのは、そこからかよ」谷は露骨に顔をしかめた。「面倒くせえな」

「まず、船長に船員、缶焚《かまた》き、あとは蟹を取る漁夫ですね」萩原が指を折って丁寧に答えた。「それから若い雑夫たち――これはだいたい十歳から十五、六歳くらいまでの少年で、船上で茹《ゆ》でた蟹肉を取り出し、缶詰に詰める作業をします。何というか、実に器用なものですよ。はじめて見たときは驚いたくらいだ。あとは、料理人《コック》、給仕人……」

「一番偉そうにしているのが、親会社から派遣されてきた監督だべさ」谷が口を挟んだ。「こいつは、船長のいうことなんか聞きやしねえ。どんだけ海が荒れたって無理やり漁を続けさせるし、雑夫がなまけていると言っちゃあ、容赦なく棒で殴りつけやがる」

「〝鮭殺《さけころ》し棒〟といわれるやつです」萩原があとを受けた。「少年たちが風邪をひこうものなら『風邪をひいてもらったり、ふて寝をしてもらうために、高い金を払って連れてきたんじゃねえ』といって、また殴る……。ドストエフスキーの『死人の家』だって、あれよりはましなくらいだ」

「人の命より、会社のノルマってもんが大事なんだと。〝生命的《えのぢまと》の仕事だ〟。船の上じゃ、みんなそう言ってる」

多喜二は、なにごとか思案するように右手を頰にあて、人差し指で己のこめかみをこつこつと叩《たた》いている。

「何だべ?」

「お二人は、なぜそんなひどい蟹工船に乗ることになったのです?」

多喜二はそう尋ねたあと、萩原に顔をむけ、

「萩原さんはたしか、東京の大学を出ていらっしゃるのですよね」

「なぜって……そりゃ……」

「金のために決まってるべ」

苦い顔で黙りこんだ萩原に代わって、谷が何本か歯の抜けた口元を歪《ゆが》め、にやりと笑って答えた。

「この御時世、金儲《かねもう》けするのに大学なんぞ出てたってクソの役にも立たねえさ」


日本は深刻な不況にあえいでいた。

先の欧州戦争で戦時景気に沸いた日本経済は、終戦後の変化に対応できず、一転してどん底不況に陥った。昭和二年には激烈な金融恐慌にみまわれ、景気はさらに悪化。多くの企業で賃金切り下げと大量解雇が実施された。初任給の高い大卒者の新規採用はほぼゼロとなり、都市部では〝洋服細民《さいみん》〟なる新用語が流行語となっている。

その不況下で、年間一千万円以上の利益をあげ、株主に二割二分五厘という信じられない配当を出しているのが蟹工船運営会社だ。世間では〝海から金塊を引き上げている〟と羨《うらや》ましがられている。

「だから、東京で手配師が蟹工船の仕事を募集しているのを見て、応募したのですが……」

萩原は机に目を落としたまま、暗い顔でぼそぼそと呟くように答えた。

最初に手配師が約束した六十円ほどの支度金は、東京からの汽車賃やら周旋料、毛布、布団、宿料などの名目であれこれさっぴかれ、気づいたときは逆に七、八円の借金になっていた。

蟹工船会社が儲けているのには、それなりの理由があるというわけだ。

「僕は、どうしても金がいるのです。だから……」

「金がいるのは、みんな同じだべ」

谷は嘲《あざけ》るような調子で横から口を挟んだ。

「蟹工船降りるときはいっつも『こんな地獄、二度と来るもんか』と心の底から思うんだべが、一度陸《おか》を踏むと、もういけねえ。モチを踏み付けた小鳥みたいに、函館や小樽の町でバタバタやる。気がついた時にゃ、生まれたときとちっとも変わらない赤裸になっておっぽり出されているって寸法だ。春が来て、蟹工船の季節になると、借金帳消しにするためにまた地獄に行かなくちゃなんねぇ。まあ、悪《わり》ィ性分ってやつだべな」

谷はそう言って、ニヤリと笑ってみせた。口に出すと何だか他人《ひと》ごとのような気がする。

萩原は肩をすくめ、自分は蟹工船を降りた後いったん東京に戻ったものの、東京ではやはり職が得られず、北海道に舞い戻って旭川《あさひかわ》にあるゴム会社の職工として働いていたのだと説明した。

「ところがゴム会社はゴム会社で、注文が不定期で……仕事がないときは給料が出ない。いざ忙しくなると、昼夜連続でぶっ続けに働かされて……工場内の空気はひどいものだし……とても長くは続けられない」

そう言って力なく首をふる萩原は、粗製ゴムのような鉛色の膚《はだ》をしている。インテリらしい薄っぺらで貧相な体つきは、よくこれで蟹工船やゴム工場で命を落とさなかったものだと不思議に思うくらいだ。

小林多喜二は気の毒そうに肩をすくめた。それから話を戻し、蟹工船について二人にあれこれ尋ねた。

蟹工船が函館を出航するのは、毎年氷に閉ざされた北の海が緩む春四月だ。漁場となる北氷洋カムサツカ北洋までおよそ六日間の航程である。

カムサツカの海に着くと、蟹工船は「川崎船《かわさきぶね》」と呼ばれる備え付けの小型船を海に降ろし、漁夫たちが乗り込んで網を入れる。網は三、四日後にウィンチで本船に引きあげられる。

通常、網一反につき蟹が二十五匹くらいずつかかっている。

網からはずされた蟹は、海水がぐつぐつ煮えたぎっている鉄釜《てつがま》にほうり込まれる。十五分ほど茹《ゆ》でたあと、引きあげて、ふたたびウィンチで海の中に吊《つ》りさげて冷却する。この茹で具合、冷やし具合が各社の秘伝とされる。

蟹工船は「船」であると同時に「工場」でもある。煮熟《しやじゆく》し冷却された蟹は、ハサミを使って各関節ごとに切りわけられ、船腹内の工場へと搬送される。

船内の工場では、年若の雑夫たちが硫酸紙を敷いた空缶に蟹肉をテンポよく詰めていく。肉詰めの済んだ缶はベルトコンベヤーで運ばれ、それぞれの工程を通って、わずか三時間くらいで蟹の缶詰がすっかり出来上がる……。

小林多喜二は二人の話を聞いて、熱心にメモを取った。ときどき合いの手を入れる。「へえ、なるほど」「面白いですね」「すみません。そのあたり、もう少し詳しく聞かせてください」

穏やかな笑みを浮かべて尋ねる多喜二を相手に、谷と萩原は交互に、自分でも驚くほど多くを話した。話が一度も途切れなかったのは、小林多喜二という〝銀行員〟の青年が思いのほか聞き上手だったということだろう。

しばらくして多喜二は時計に目をやり、慌てた様子で腰を浮かした。

「やっ、いつのまにかこんな時間だ。お二人の話に、すっかり時間を忘れていました。このあと、函館でもう一件約束があるので、今日はこのへんで。……残念だな、来週も来ます。次回はもっと詳しく聞かせてください」

多喜二は机の上に散らばった書類を手当たりしだい鞄に突っ込みながら口早に言った。一瞬片付けの手をとめ、

「えー、再来週《さらいしゅう》も来ます。その翌週も。いつまでかは、まだ決めていません。いま書いている小説を書き上げるまで、ですね。今日は貴重なお話をありがとうございました。それでは来週また、よろしくお願いします」

小林多喜二は忙《せわ》しなくそう言い残し、書類で膨らんだ折り鞄を小わきに抱え、外套に片袖《かたそで》を通しただけで、あたふたと部屋を出て行った。

啞然《あぜん》、としている谷と萩原の背後で、多喜二が出ていったのとは別のドアが開いた。

「……これでエエんだべ」

谷は振り返らず、背後のドアから入ってきた人物に声をかけた。

「初回にしては上出来ですよ」

堅い革靴の底が床を打つ乾いた音が部屋をぐるりと回り込み、二人の視界に黒い背広姿の細身の男が姿を現した。男はさっきまで小林多喜二が座っていた椅子に腰を下ろした。

谷は渋い顔になった。隣で萩原が身をかたくしている。

黒服の男は両肘を机につき、顔の前で両手を組み合わせた。組んだ両手ごしに二人

を眺め、冷ややかな声で言った。

「これが罠《わな》だと彼に気づかれないよう、くれぐれも注意してください」

2

——お国のために働かないか。

谷がそう声をかけられたのは、一週間ほど前の話だ。

賭場《とば》で見たことはあるが名前は知らない男に声をかけられ、なんだべ、と思いながら付いていくと、漁労の建物に連れていかれた。

二階の一室で、二人の男が谷を待っていた。

一人は蟹工船で一緒だった〝学生さん〟——船ではまったく役に立たなかったが、たしか萩原とかいったはずだ。

目を上げ、谷に挨拶《あいさつ》をしてよこした萩原は、以前にもまして顔色が悪かった。

もう一人の、黒い背広を着た生白い顔の細身の男には見覚えがなかった。年齢不詳。案外若いのかもしれない。

男は〝クロサキ〟と名乗った。内務省のお役人だという。

「残念ながら、今回は職務上、名刺はお渡しできないのですが……」と言い訳する相手に、谷はうさん臭げに目を細めた。

「割のいい仕事があるっていうんで来ただが、やっぱりオレは降りるわ。ほか当たってくれ。お役人が名刺を出せねえ仕事の話なんぞ、アブナくって、とても聞く気にならねえ」

そう言って席を立とうとすると、黒い背広を着た男の生白い顔に、はじめて能面がひび割れたような表情が浮かんだ。

「なるほど、おっしゃることはもっともです。さて、どうしたものですかね」

人差し指を己の薄い唇に当て、しばらく思案する様子であった。ふと思いついたように、さっきから黙りこくっている萩原に顔をむけて、

「そうだ、萩原さん。あなた、警視庁特別高等課の赤尾《あかお》をご存じでしたよね？　彼に電話をしてもらえないでしょうか。内務省のクロサキが身元保証を求めている、そう言っていただければ通じます。電話番号は……」

「特高《とっこう》の、赤尾ですって！」

萩原が飛び上がるように声をあげた。顔から血の気がひいて、文字どおり土気色《つちけいろ》になっている。

「冗談じゃない……いやです、絶対にいやだ。何で僕が……。あんな奴のことなど思い出したくもない。電話をかけるだなんて……」

萩原はゆるゆると首を振りながら、狼狽《ろうばい》したように呟いている。その様子を谷は横目で眺めて、フン、と鼻を鳴らした。

——以前、特高の取り調べを受けたことがある。

蟹工船に乗っていた時、萩原がそんなことを漏らしたことがあった。二度と思い出したくないという顔だったが、萩原の反応がクロサキの身元保証というわけだ。

谷はクロサキに向き直り、

「いくら出す？」

と切り出した。内容より先に報酬額を尋ねたのは、どうせろくでもない仕事だろうと思ったからだ。

クロサキが口にした数字に、谷は思わず口笛を吹きそうになった。ちょっとした金額だ。その金があれば、今年は少なくとも蟹工船に行かなくて済む。

クロサキは能面のような無表情のまま、低い調子で言葉を続けた。

二人に依頼したい仕事は、ある人物に蟹工船について話をすること。二人が昨年蟹工船に乗っているあいだに見聞《みき》きしたことを話す。ありのまま、本当のことを話せば良い——。

「それだけ、ですか？」萩原が目を瞬《しばた》かせて尋ねた。

「素人《しろうと》が作り話をしてもボロが出るだけです。相手から尋ねられたことは、何でもありのまま話してくださって結構です。但《ただ》し」と、クロサキは机の上に肘をつき、顔の前で手を組み合わせた。

「ここで話した内容は、すべて政府に筒抜けになっている事実だけは相手に悟られないよう、くれぐれも注意してください。仕事の説明は、以上です」

谷は萩原と顔を見合わせた。

容易《たやす》い仕事だ。

ある意味、容易すぎる。

「なぜ、僕たちが選ばれたのです？」萩原がおずおずとクロサキに尋ねた。

「なぜ？　いまさらおかしなことを訊《き》きますね」

クロサキは薄い唇の端を歪め、奇妙な笑みを浮かべて答えた。

「萩原純彦さん。あなたのご実家は、このところの不況のあおりを受けていまや破産寸前だ。そんな中、ご家族はあなたの大学の学費を無理して捻出《ねんしゅつ》してきた。ところが、頼りにしていたあなたは、大学を出たあとも実家に仕送りをするどころか、就職もせずにブラブラしている」

「僕は何も、好きでブラブラしているわけじゃ……」

萩原の抗弁をクロサキは軽く手を振って遮り、先を続けた。

「あなたはなんとかしようとして、蟹工船に乗った。ところが手配師に騙《だま》されて逆に借金を作る有り様だ。東京に帰ったあと、あなたは傷心を癒《いや》すためにカフェー通いをはじめた。そして、そこで知り合った一人の女給と懇《ねんご》ろになった。なるほどカフェーの女給なら、自分で働いて金を稼いでくれる。結構な話だ。ところが、あなたにとっては不測の事態が起きた。彼女が妊娠したことです。そこで、あなたはまた北海道に来て、ゴム会社の工員として働くことにした」

「やめろ、やめてくれ！」

萩原はそう叫んで机に突っ伏し、両手で頭を抱えこんだ。

クロサキは蔑《さげす》むように萩原を一瞥《いちべつ》したあと、谷に向き直った。

「そして谷勝巳さん、あなたの場合は……」

「わかった、わかった。もうエエだ」

谷は体の前で両手を上げ、降参の意志を示した。

クロサキとかいう内務省のお役人は、萩原の個人的な情報を洗いざらい調べ上げている。谷についても、声をかける前に同じように調べたということだ。

萩原同様、否、ある意味萩原以上に谷も金を必要としていた。その理由が、妊娠した彼女などではなく、やくざの賭場でこさえた借金だという違いに過ぎない。

要するに、昨シーズンの蟹工船に乗っていて、切実に金を欲している人物なら誰でもよかったということだ。選ばれたわけではない。

苦い顔をしている二人を見比べ、クロサキは初めて満足したような笑みを浮かべた。その後でようやく、監視対象についての具体的な情報を明かした。

二人が蟹工船の話をする相手は気鋭の小説家、小林多喜二。〝プロレタリア文学の旗手〟と目《もく》されている人物だ。彼が、次に書く小説の取材として、昨シーズン蟹工船に乗った者たちの話を聞きたがっている。小林多喜二には漁労関係者から二人を紹介されたと思わせるよう、うまく仕向ける。その点は間違わないでほしい。

話の途中、谷は小さく鼻を鳴らした。

漁労関係者の中にも官憲の手先《スパイ》が入り込んでいる。

そんなことは、まあ良い。谷には関係のない話だ。それより――。

〝気鋭の小説家〟

〝プロレタリア文学の旗手〟

クロサキと名乗るお役人はさっきから何度もそんな言葉を口にしているが、小林多喜二などという名前は聞いたことがなかった。彼がどんな小説を書いているのか知らないし、むろん作品を読んだこともない。

谷は隣に座る〝学生さん〟を横目で窺《うかが》った。が、萩原も眉《まゆ》を寄せ、首をかしげている。どうやら事情は同じようなものらしい。谷は親指で強く鼻をこすった。大学を出た萩原が知らないのなら、谷が知らなくて当然だ。気にする必要はない。

「何かご質問は？」

クロサキの問いに、谷は無言で眉をひき上げた。面倒な質問は萩原に任せた。

「えー、その、小林多喜二……が書いたプロレタリア小説を、僕たちが事前に読んでおいた方が良いのではないでしょうか？」萩原がおずおずとした口調で尋ねた。「彼の基本的な思想傾向がわかっている方が、何かとやりやすいと思うのですが」

「こちらが提供した情報以上のことを、あなた方が知る必要はありません。素人が知りすぎると不自然になるだけです」

「いや、しかし、そうは言ってもですね……いたっ！」

納得できない様子で言い募る萩原を、谷は机の下で蹴飛《けと》ばして黙らせた。

これから自分たちが罠に掛ける相手のことなど、極力知らない方がいい。第一、面倒な小説など読まないで済ませられるのなら、それに越したことはなかった。

それが一週間前の話だ。

「……来週も、続けますか？」

萩原が上目づかいに、クロサキの顔色を窺うようにして尋ねた。せっかくありつい た金になる仕事をここで打ち切られてはたまらない、といった顔つきだ。

「このまましばらく続けて下さい。今日の調子で結構。まずは対象との信頼関係を築くことです」

クロサキは軽く頷いて言った。

「私は東京に戻ります。対象から得た情報は報告書にして送ってください。書式はこんな感じで」

そう言いながら、どこからか手品のように取り出した書類を机の上に滑らせてよこした。

萩原が書類に目をとおし、ははぁ、と間の抜けた声をあげた。目顔で尋ねると、さっきの自分たちの会話の要点をまとめたものだという。

「特に人名に注意して下さい」クロサキが念を押した。「小林多喜二が言及した人物は必ず名前を確かめて報告書に記載すること。いいですね」

萩原は書類に目を落としたまま何度も点頭《てんとう》している。

谷は不精髭《ぶしょうひげ》がのびた頬を、指でぼりぼりと掻《か》いた。字を書くのは苦手だ。報告書の作成とやらは、萩原に任せるしかない。逆に言えば、そのために蟹工船に一度乗っただけの〝使えない学生さん〟の萩原がこの仕事に〝選ばれた〟ということだ。

それなら、むしろ気が楽だ。

「あの人は、どんな悪いことをしたんだべ？」

谷は書類作成の打ち合わせをする二人の脇からのんびりした口調で尋ねた。

「内務省のお役人がはるばる北海道まで来て、わざわざこったただ面倒なことをしなくとも、知りたいことがあれば、しょっぴいてって警察署で直接聞けばすむ話だべさ」

「ご冗談を」とクロサキはわざとらしい口調で谷に答えた。「ご覧になったでしょう、彼は真面目な銀行員ですよ。理由もないのにしょっぴくわけにはいきません。我が国は法治国家ですからね」

「ますますわからねえな」谷は椅子の背にもたれ、頭の後ろで手を組んで、独り言のように呟いた。「しょっぴく理由もねえ真面目な銀行員をこっそり監視して、裏で高い金払って報告書を作らせるってのは、どうしたわけだ？　お上《かみ》の手をわずらわせる極悪人のようには、見えなかったべがなア」

　クロサキが一瞬、谷にむかってきつく目を細めた。

「それは、あなた方が知る必要のないことです」

「……うそだ」

　不意に、場違いな声が聞こえた。

　振り返ると、萩原がクロサキから渡された書類を両手で固く握り締め、青い顔でぶるぶると震えていた。

「理由もないのにしょっぴくわけにはいかない？　それなら、なぜ兄さんは……」

「やれやれ。やっぱりその話になりますか」クロサキがわざとらしくため息をついた。

「こちらとしては、その話は出さずに済まそうと思ったのですがね。いいでしょう。ご説明します。萩原さん、あなたのお兄さんは我が国の法を知りながら意図的に踏みにじった。だから逮捕された。それ以上でも、それ以下でもありません」

「うそだ！　そんなこと、あるはずがない！　明彦《あきひこ》兄さんは大学で法律を専攻していたんだ。兄さんが自分から法を破るはずがない」

「国体ヲ変革シ又ハ私有財産制度ヲ否認スルコトヲ目的トシテ結社ヲ組織シ、又ハ情ヲ知リテ之《これ》ニ加入シタル者ハ、十年以下ノ懲役又ハ禁錮《きんこ》ニ処ス」

内務省のお役人は機械のような口調で法律の条文を諳《そら》んじた。

「治安維持法第一条にそう定められています。大学で法律を専攻していたあなたのお兄さんは、この法律を知りながら、故意に違反した。事前にそれと知りながら、共産主義を学ぶ学内の勉強会に参加していた。だから逮捕されたのです」そこで言葉を切り、萩原の顔を覗《のぞ》きこんで、囁《ささや》くような声で先を続けた。

「勘違いしてもらっては困ります。あなたのお兄さんは、釈放後に体を壊して亡くなられたのです。あなたのご実家は、お兄さんが警察に逮捕されたことで取引先の信用を失い、商売が難しくなって、破産寸前まで追い込まれている。だとしても、それは我々の関与するところではありません」

「ちがう、兄さんは……明彦兄さんは……」

「まあエエだ。貰《もら》えるものさえちゃんと貰えるんなら、何だってやるべさ」

うわ言のように呟く萩原を制して、谷が横から口を挟んだ。

「それとも萩原さんよ、あんた蟹工船《ぢごく》にもいっかい行ってくるかい？　カフェーで働く恋人が妊娠したんだべ。借金返すあてがなけりゃ、恋人が父《てて》なし子を抱えて路頭に迷うことになるだが、それでエエのかい」

「それは……」

萩原はたちまち青い顔で黙り込んだ。

「ま、そういうことだ。こっちは任されたんで、あんたは東京に帰って報告書とやらを待っていてくれればエエだ」

谷は何本か歯の抜けた口でクロサキにニヤリと笑い、こう付け足した。

「誰だって、もいっかい蟹工船《ぢごく》行ぐぐれえなら、お国のために働くことなどワケもないことだべさ」

3

「兎《うさぎ》が飛ぶのですか？　海の上を？」

小林多喜二は、きょとんとした様子で谷の言葉を聞き返した。

「まあ、そんなふうに言うだ」谷はそう言って、そっぽを向いた。

「もちろん、本物の兎じゃありません」

学生上がりの萩原が横から口を挟み、急いで説明を補足した。

カムサツカでは時折、それまで凪《な》いでいた海面が突如として一面の三角波に覆われ、波の頂《いただき》が白いしぶきを飛ばすことがある。その様が、あたかも無数の兎が大平原を跳《は》ねまわっているように見える。

「ははあ、だから〝兎が飛ぶ〟ですか。なにごとも聞いてみなくちゃわからないものですね」

小林多喜二は感心した様子で頷き、ちびた鉛筆で手帳にメモしている。

「それで、兎が飛ぶとどうなるのです？」

目をキラキラと輝かせ、まるで楽しいことのように続きを促す多喜二の様子に、谷は思わず苦笑した。

蟹工船に一度でも乗った者たちにとって〝兎が飛ぶ〟は、口に出すのも悍《おぞ》ましい不吉な言葉だ。

海の上を飛ぶ兎に続いて、カムサツカ特有の凄《すさ》まじい暴風がやってくる。

蟹漁の最中に兎が飛びはじめると、本船の船長はすぐに警笛を鳴らすよう水夫に命じる。本船中央に据え付けられた煙突の中腹、まるで独逸《ドイツ》帽のような形をしたホイッスルから、甲高い警笛が響き渡る。すると、本船を離れて漁をしている小型の川崎船は漁を中断して、急いで帰船の準備にとりかかる。だが、ひとたび時化《しけ》始めた海は、兎どころか、飢えた獅子《しし》そのものだ。目も開けていられない暴風のなか、何度も何度も絶え間なく鳴らされる警笛を頼りに川崎船は必死に戻ってくる。だが、時折、帰船が間にあわず、流されてしまう小型船がある。二、三日して帰ってくることもあるが、そのままになってしまう場合もある——。

「そのまま？」

小林多喜二がメモを取る手をとめ、顔をあげて訝《いぶか》しげに眉を寄せた。

「その場合は、どうなるのです」

「どうもならねえさ」谷はぶっきらぼうに答えた。「運が良けりゃ、生きてるうちに他の船に救われるか、どっかの陸に打ち上げられるかだべ。さもなければ……」言葉を切り、肩をすくめた。

小林多喜二は天井に目をやり、うーん、と唸《うな》っている。

谷は机の下で萩原を小突いて、目配せした。

取材二回目。

前週末にひき続き、約束どおり函館漁労にやってきた小林多喜二は、やはり真面目な銀行員にしか見えなかった。色白の、いかにも人のよさそうな、あごの細い面長の顔。彼が顔を出すと、それだけで部屋の中がぱっと明るくなる感じがするのは不思議なくらいだ。

内務省のお役人が目の敵にする〝極悪人〟にはとても見えない。

しばらく腕を組んで天井を見上げていた多喜二は、何か思いついた様子で机の上に置いた折り鞄を探り、白い紙を取り出して、鉛筆を走らせはじめた。

せっせと鉛筆を動かす多喜二を、谷と萩原はしばらく黙って眺めていた。

「何を、しているのです?」

萩原がしびれを切らして尋ねた。

「絵に描いてみようと思ったのです」多喜二が手を止めずに答えた。「〝兎が飛ぶ〟というのは、こんな感じですかね」

絵に、海の上を跳ね回るたくさんの兎たちが次々に描きこまれていく。絵の中央、海の上に大きな煙突が突き出た船が浮かび、その煙突から黒い煙がもくもくとあがっている。それから、本船めざして帰ってゆく何隻もの小船の姿――。

「……みんな、無事に帰れると良いですね」

鉛筆を動かしながら、多喜二がぽつりと小さく呟く声が聞こえた。

「子供のころは、絵かきになりたかったのです」

完成した絵を二人に見せながら、小林多喜二はそんなことを言った。

海に浮かぶ大きな蟹工船と、そのまわりを跳ね回るたくさんの兎たち。

まるで子供が描いたようなのどかな絵だ。

「絵かきになるのを伯父《おじ》さんに禁じられたときは、子供ごころに本当に悔しかったものです。伯父さんには小樽高商に行く金を出してもらったので、文句を言えた義理ではないのですが……」

机の下で、谷は萩原の足を蹴飛ばした。

「いたっ！　何です？　あっ、そうだ。その、伯父さん、というのはどんな人なのですか？」

萩原が慌てた様子で多喜二に尋ねた。小林多喜二が言及した人物の名前を確認するよう言われていたのを思い出したらしい。

多喜二は一瞬不思議そうに眉を寄せた。が、すぐにニコリと笑って説明してくれた。

彼の伯父は小林慶義《けいぎ》。小樽で「三星堂《みつぼしどう》」の看板を掲げ、幾つも販売店を持つ、パンの製造・販売業を営んでいる。

多喜二が四歳のころ、彼の一家はこの伯父を頼って秋田から小樽に移住してきた。

小樽では伯父の製パン工場でパンを仕入れ、自宅を兼ねた店先に自家製の餅《もち》と一緒に並べて売って暮らしを立てていた。つましい生活だ。多喜二が小学校卒業後、小樽商業学校、小樽高商とすすむことができたのは、ひとえに伯父の財政的援助のおかげである。

多喜二は萩原に尋ねられるまま、そんなことを話した。

はあ、なるほど、そうだったのですね、と萩原は相槌《あいづち》をうちながらせっせとメモをとっている。

「絵かきになるのは、やめて正解だべ」谷が横手から声をかけた。

振り向いた多喜二に、「オレの方が上手だ」そう言ってニヤリと笑ってみせる。

「まあ、そうですね。私も、いまではそう思います」多喜二は苦笑して言った。

「萩原さん、あんたも描いてみな」

谷の提案に、萩原は目を丸くした。「僕ですか？」

「大学出てるんだ。兎くらい描けるべさ」

「いやあ、大学では兎の描き方は教わらなかったなあ……」

そう言いながらも、萩原はまんざらでもない様子で渡された紙の上に身を乗り出し、鉛筆を動かしている。少しして、「こんな感じですかね」と言って、出来あがった絵を二人に見せた。

見た途端、谷は呆気《あっけ》にとられて多喜二と顔を見合わせた。

「萩原さん、これはいくらなんでも……」

「どこが兎だべ？　いや、さすが大学出はたいしたもんだ。並の者じゃ、こんくらい下手にはとても描けねえ」

「そうですか？　悪くないと思うがなぁ」萩原は自分の絵を見て首をひねっている。

谷は多喜二と目を見交わし、同時にふきだした。しばらくは笑いがとまらなかった。


「……本題に戻りましょうか」

多喜二が笑い過ぎて目尻《めじり》に浮かんだ涙を指で拭《ぬぐ》いながら言った。

「本題？　ああ、蟹工船の話でしたね」萩原が相変わらず自分が描いた兎の絵を眺めながら他人ごとのように言った。なぜ笑われたのか、まだ納得いかない様子だ。

「先ほどのお話では、四月から八月までの四か月ものあいだ、蟹工船は一度も陸に戻らないということでしたが……」

多喜二は笑いをかみ殺すようにして手帳のメモに目を落とした。

小説を書くために実際に蟹工船に乗っていた人から話を聞きたい、という多喜二との会話を通じて、谷は蟹工船に乗っていたときには何とも思っていなかった多くのことが、実は世間ではまったく通じないという事実に気づかされた。

四か月間、蟹工船が一度も陸に戻らないのも、その一つだ。

「しかし、そのあいだ水も食料も必要なわけですよね？　船上で作った蟹の缶詰はどんどん増えていく。いったいどうしているのです？」

「どうしたも何も、そのための中積船《なかづみせん》だべさ」谷は事情を説明した。

およそ一か月ごとにカムサッカの漁場に中積船が来て、蟹工船に横付けされる。中積船は食料水その他を積んできて蟹工船に引き渡す、その代わりに蟹工船で出来た缶詰を積んで港に帰る、という仕組みだ。

「中積船が来るのは、蟹工船で唯一の楽しみみてえなもんだ」谷は目を細めて言った。

「なにしろ、この船だけは塩ッ臭《ぢご》くねえ。函館の匂いがする。もう何十日も、何週間も踏み締めたことのない、動かない土の匂いだ」

中積船では、食料や真水の他、何通もの手紙、着替えのシャツや下着、雑誌といった個人的な荷物も運ばれてくる。

「何が一番の人気ですか？」

「そりゃ、何といっても手紙ですね」萩原が脇から答えた。「家族や恋人からの手紙が届いたとわかると、みんな奪い取るようにもっていってむさぼり読んでいます」

「そりゃ、陸に手紙を書いてくれる者がいる奴の話だべ」谷は皮肉な口調で口を挟んだ。「オレみたいに家族の無え《ね》者には、中積船がもってくる講談本が一番だ」

「講談本、ですか？」

多喜二はメモを取る手をとめ、意外そうな顔で尋ねた。

「こう見えても、字くらいは読めるべさ」

谷は歯の抜けた口でニヤリと笑った。それから、「言われてみれば、妙な話だな。陸《おか》にあがると字なんぞろくに読まねえくせに、蟹工船《ぢごく》行ってるあいだだけ無性に本を読みたくなんのは、なんでだべな？」と呟いて首をかしげた。

多喜二に尋ねられるまま、谷と萩原は自分でもすっかり忘れていたこと、もしくは忘れたいと思っていたことを、思い出すまま、あれこれ話した。

例えば、船の食堂のテーブル脇の壁に貼ってあった貼り紙のこと。

一、飯《めし》のことで文句《もんく》をいうものは、偉《えら》い者にはなれぬ。
一、一粒《ひとつぶ》の米を大切にせよ。血と汗の賜物《たまもの》なり。
一、不自由《ふじゆう》さと苦しさに耐《た》えよ。

振り仮名つきの下手な文字まで、話しているうちにうっかり思い出した。

「そんなんで偉くなるんだったら、オレなんてとっくに蟹工船会社の社長になってねかならないべよ」

谷は心底うんざりした顔で感想を付け足した。

あるいは、蟹工船の他の漁夫たちについて。

蟹工船に集められた者たちは、漁夫といっても専門の漁師はほとんどいない。多くは北海道の奥地の開墾地や鉄道施設の土工部屋、世にいう「蛸《たこ》（部屋）」からさらに売られてきた者たちだ。各地の飯場《はんば》で食い詰めた渡り者や、青森あたりの村長さんに〝選ばれてきた〟何も知らない木の根っこのように正直な百姓たち。あとは、東京で手配師たちが〝騙して連れてきた〟萩原のような、職のない学生や学生上がりの者たちだ。

北の海で実際に漁の経験のあるベテラン漁師は、谷を含むわずか数名だけだった。

「要するに、てんでバラバラの者たちだべ」谷はせりあがってきた痰《たん》と一緒に不満を吐き捨てた。

谷が蟹工船を〝地獄〟と呼ぶ理由の一つは、海を知らない者たちと漁をしなければならないからだ。大学出の萩原のような〝まるで使えない者たち〟は論外にしても、他の連中も魚の習性や海そのものについて驚くほど無知であった。蟹は岩場の上には決していないこと、砂地を列になって行進していることさえ知らない。川崎船の上から波の様子を見て、いま海の底がどんなふうになっているのか指摘しても、みなきょとんとした顔をしている。彼ら相手では漁の最中のあうんの呼吸は通じず、面白くないのは無論、危なくて仕方がない。

思い出すだけで、むかっ腹の立つことばかりだ。

「そういえば、中積船に活動写真隊が乗ってきたことがありました」

萩原が、むくれっ面の谷とは対照的に、目を輝かせるようにして横から話をさらった。

「映りの悪い映写機と弁士が一緒に蟹工船に乗り込んできて、白い垂れ幕に映画をかけるんです。どの写真もキズのひどい、いわゆる〝雨が降っている〟状態で、陸の映画館では観られたものじゃないのでしょうが、海の上じゃそんなことは少しも気にならない。僕が観たのは……何だったかな？　西洋物と日本物が一つずつ……そう、西洋物は西部開拓史を背景に鉄道工夫と会社の重役の娘との恋物語で、日本物は貧乏な少年が刻苦勉励《こっくべんれい》して大富豪になる話だった」

「へっ。あんなもン」谷は鼻先で笑い飛ばした。「あれでエエなら、やっぱりとっくに社長だべ」

「あとは何があったかな？」萩原は谷のまぜっ返しを無視して続けた。「蟹工船の監督の口癖が『いやしくもこの仕事が国家的である以上、戦争と同じだ。だから死ぬ覚悟で働け！　馬鹿野郎！』だったこと。彼が毎日、鮭殺し棒を手に船内を隈《くま》なく怒鳴って回っていたこと。うわっ、いやなことを思い出しちゃったな。それから……」

自分が蟹工船で目にしたこと、経験したことを、夢中になってしゃべる萩原を横目で眺めながら、谷は不精髭が伸びたあごを二本の指でひねった。

多喜二の求めに応じて話をするうちに、妙なことに気がついた。同じ蟹工船に乗って、同じことを経験しながら、谷と萩原では話す内容が呆《あき》れるほど違っている。同じ時間、同じ場所で、まるで別のものを見ていた感じだ。こうも違うものか、と驚くばかりだ。

内務省のお役人から「知っていることは何でもありのまま話せ」と指示されたが、実際に話をしてみれば〝ありのまま話す〟などということは不可能だ。どうしたって、部分的な、いびつな話になる。どこか作り話になる。

「蟹工船上での監督の行動基準はただ一つ、会社の得になるかどうかです。去年、同じ会社が所有する別の蟹工船が遭難した時だってそうです。SOS信号を受信して救助に向かおうとする船長を、監督は『漁を中断するなんて冗談じゃない！　どのみち、あのボロ船には、勿体《もったい》ないほどの保険がかけてある。沈んだらかえって会社が得をするんだ！』と怒鳴りつけて漁を続行させたんです。人の生命なんかどうでもいいと思っているんですよ……」

谷は目を細め、不精髭をつまみつつ、興奮した様子で口早に話す相方の顔を眺めた。

言われてみれば、谷も同じ話を無線係から聞いた覚えがある。

――ま、嘘でなければよしとするべ。

結局、そう考えて納得することにした。

4
「……いい人ですよね」

ぼそりと呟く声に、谷は顔をあげた。

「だましているのが、なんだか気の毒で」

萩原はそう言って、さっきから何度目かになるため息をついた。

函館港に面した赤レンガ倉庫群の裏手ほど近く。

十字街《じゅうじがい》を斜めに入った安居酒屋は、一日の仕事を終えた港湾労働者で繁盛していた。

薄暗く、だだっ広い店内には幾つかのストーブが無造作に置かれ、石っころのような安物の石炭がぶすぶすと黒いけむりをあげている。男たちが容赦なくふかす煙草のけむりと混じりあって、店の端まで見通すことができないほどだ。

隅の壁際の席で萩原と向かい合わせに座った谷は、無言のまま、冷や酒の入ったコップを傾けた。塩気の強い炒《い》り豆を一つまみ口の中にほうり込み、奥歯でガリガリとかみ砕く。

目と鼻の先が港だというのに、この店はろくな食い物が出ない。肴《さかな》といえば乾き物と炒り豆くらい。それさえ注文せずに、塩を嘗《な》めながら冷や酒を飲んでいる者も少なくない。

だだっ広いことと、値段の安いことだけが取り柄の、港湾労働者向けの店だ。

谷はコップの底に残っていた分を飲み干して、「ねっちゃ、酒もう一杯！」と店員に声をかけた。

一升瓶を抱えた赤黒い頰《ほ》っぺたの女店員がのそりとやってきて、仏頂面のまま注いでくれる。

谷は、おっ、と短く礼を言い、新しく注がれた酒を一口飲んで、手の甲で唇を拭った。

（さて、どうしたもんだべか）

谷は炒り豆を口の中にほうり込んだ。

向かいの席では、萩原がまた深いため息をついている。

思案のしどころだった。

内務省のお役人が提示した〝悪くない額の報酬〟には、実を言えば、いくつか妙な条件が付いていた。

第一に後払いだという。先払いでは金だけ取って逃げると思われたらしい。谷は諦《あきら》めず、「文なしでは仕事が終わるまで函館にいられない」とゴネて、支度金を幾らかもぎとった。

　その金を手に、谷はほくほく顔で賭場にむかった。ひとやま当てて逃げ出すべ。そう思わなかったといえば嘘になる。ところが、函館の賭場を仕切っているやくざは谷の顔を見るなりニヤリと笑い、

「聞いたよ、お上《かみ》の仕事を引き受けたんだってな。その仕事が終わるまでは、あんたに賭《か》け事をさせないよう言われてるんだ。警察署長殿直々のお達しだ。悪く思うなよ」

　馴《な》れ馴《な》れしげに谷の肩に手を回し、耳元に口を寄せて、「仕事が終わったら来な。お上の金で借金返したあとなら、いくらでも遊ばせてやるからよ」そう囁いて、とんっ、と谷の背中を押した。

　ダメ元で別の賭場も回ってみたが、反応は似たり寄ったりだ。

　どうやら、クロサキとかいうあのお役人が手を回したらしい。何を勘違いしたのか、胴元の中には「あんた、東京の警察に追われてるんだろう」と怯《おび》えた顔で手を振る連中までいて、裏も表もみんなグルでは、さすがの谷も手の打ちようがなかった。

　結局、仕事が終わるまではこんな安居酒屋に引っ込んで安酒を啜《すす》っているくらいしかやることがない。そう思って諦めていたのだが――。

　谷は向かいの席に座る相方に目を向け、眉をひそめた。

　萩原は何やらぶつぶつと呟きながら、暗い顔で時折ため息をついている。

仕事の依頼を受ける際、内務省のお役人は谷と萩原に対して、

「この仕事はあなたがた二人に委託されたのです。終了時にも二人一緒でないと約束の報酬は支払われません」

と申し渡した。その時は、何を言っているのか、と首を傾げただけだったが、あとになって役人の狡《ずる》い目論《もくろ》みに気がついた。

妙な条件は、二人が仕事を裏切らないよう相互監視させるのが目的だ。どちらか一方が途中で裏切れば、あるいは脱落すれば、二人とも報酬を手にすることはできない。のどから手が出るほど金が欲しい二人にそれぞれを監視させれば、自分はわざわざ東京から監視のために出張ってくる必要はないというわけだ。

はあーっ、と向かいの席で萩原がまた大きなため息をついた。

昨日、小林多喜二が函館に来て、何度目かになる蟹工船の取材をして帰ったばかりだ。多喜二と会い、彼の話を聞くにつれて、萩原はだんだんと腰が引けていく感じだ。東京のカフェーに勤める彼女が父無し子を生むかどうかの瀬戸際だ。まさかこの仕事を降りるとは言い出さないとは思うが……。

「小樽に行くべ」

谷は思いついて提案した。

「小樽に?」萩原が顔をあげ、焦点の合わないぼんやりした顔で尋ねた。「何しに行

くんです」

「決まってるさ、小林多喜二をスパイしに行くんだ」谷は急《せ》き込むように言った。

「オレたちは小林多喜二をスパイするよう、あのお役人に頼まれたんだろう？　だったら、小樽にいるときの多喜二の様子もスパイする必要があるんじゃねえか。そうしたら、この仕事も早く終わろうってもんだべ」

　小樽で銀行員をしている小林多喜二は、銀行が休みの週末しか函館に来ない。週末まで萩原と二人こうして顔を突き合わせて相互監視しているよりは、小樽に行った方がまだましだ。

「そうかな？　そんなものですかね？　なんか違う気がするんですが……」

「なにが違うもんか。かかった費用は今度まとめてあのお役人に請求すればエエだ。さあ、行くべ」

　善は急げだ。

　谷はコップの中身をぐいと飲み干した。勘定を済ませ、まだぶつぶつと呟きながら首を左右に傾げている萩原を追い立てるようにして居酒屋を後にした。

　凍った道に足を滑らせながら函館駅に着くと、ちょうど小樽行きの夜行列車が出るところだった。谷は急いで萩原に二人分の切符を買わせて列車に乗り込んだ。

プラットフォームの鈴《ベル》が鳴り、汽笛が一声《いっせい》高く響いて、ごとり、と列車が動き出した。

函館桟橋発釧路《くしろ》行き。

夜十一時過ぎに函館を出た列車は、小樽に早朝到着の予定だ。

客車に入ると、乗客の多くは薄暗い照明の下で思い思いの恰好《かっこう》で就寝態勢に入っていた。窮屈そうにほお杖《づえ》をついて寝ている者。仕切りの背板の上に毛布をかけた足を放り出している者。隅の方で空気枕を膨らましているかと思えば、まだボソボソと小声で話しこんでいる者もある。

列車内はスチームがよく効いていて、分厚い外套を着たままでは汗ばむくらいだ。窓際の席を確保した谷は、分厚い掌《てのひら》でガラスをこすった。海風が吹き付けたのだろう、スチームの水滴が花模様に白く堅く凍って外の景色を見ることはできない——。どのみち、冬の間、途中の窓から見えるのは防雪林くらいなものだ。

谷は脱いだ外套を肩の上まで引き被《かぶ》った。窓枠に頭をつけて寄りかかり、目を閉じる。

週末毎に函館に来ている小林多喜二は、これと同じ夜汽車に乗って小樽に帰っているはずだ。二十五歳。若いとはいえ、毎週となれば大変な労力だ。そのくせ、谷や萩原に会うときの多喜二は、きまっていつもにこやかな笑みを浮かべ、上機嫌な様子である。

根気も体力も、よく続くものだ。

谷には、いったい何が面白くて多喜二が毎週函館通いをしているのか、さっぱりわからなかった。

五稜郭《ごりょうかく》、森《もり》、長万部《おしゃまんべ》、黒松内《くろまつない》、倶知安《くっちゃん》、小澤《こざわ》、余市《よいち》……。

気がつくと、凍った窓が水色に薄明るくなっていた。

もうすぐ小樽だ。

谷は両手を上げ、一つ大きく伸びをした。両手でパンッと一つ己の顔を叩く。それから、隣の席で寝《い》ぎたなく眠りこけている萩原を揺り起こした。


動き出した小樽の朝は、「北の玄関口」と称される函館とはまた別種の賑《にぎ》わいに満ちていた。

駅からゆるやかな坂道を港にむかって下ってゆくと、小樽名物の運河にぶつかる。運河には桟橋がかかり、両岸に大小の倉庫がずらりと並んでいる。見ているあいだにも、沖待ちの大型商船からさまざまな荷物が艀《はしけ》で運河に運ばれてくる。あるいは逆に運河で艀に積まれた荷物が次々と沖の商船に運ばれていく。荷物を揚げ降ろしする「揚げ場」には税関があって、外国人の姿も多く、街全体に国際色豊かなハイカラな雰囲気が漂っている。

谷は運河沿いの通りで足を止めた。横目で見ると、萩原がぽかんと口を開けて左右を見回していた。小樽をはじめて訪れた者はみな、まるで外国にでも来たような不思議な感じがするという……。

「そろそろ行くべ」

谷はそう言うと、萩原の返事を待たず、先に立って歩き出した。

「どこに行くんです？」慌てて追いついた萩原が、なぜか小声で尋ねた。

「小林多喜二が勤める銀行に決まってるべ」

「えっ、ほんとに行くんですか」

「なんなら、独りで帰ってもエエだよ」

「いや、ここまで来たんです。僕も行きますよ。行くには、行きますが……」

「見つからんよう、せいぜい気ィつけてな」

二人でそんな話をしながら歩くうちに、壮麗な洋風建築が軒を連ねる街の一画が見えてきた。

小樽の異称は「北のウォール街」。二十数軒もの銀行が蝟集《いしゅう》する金融街だ。その中でも十字路角の一等地を占めるひときわ瀟洒《しょうしゃ》な石作りの建物が、小林多喜二が勤める北海道拓殖銀行小樽支店であった。

表通りに立って、窓からそっと中を覗き見る。

奥の席に、小林多喜二の見慣れた顔があった。

机にむかって、何やらせっせとペンを走らせている。ほどなく顔をあげ、書類を手に席を立った。上司の机の上に作成した書類を広げ、内容を説明している。多喜二はとびきり読みやすい奇麗な字を書く。上司に提出した書類もあの字で書かれているに違いない。

上司は書類を点検し、二、三、多喜二に質問した後、満足げに頷いた。

多喜二が席の近くを通りかかると、銀行の同僚の多くは顔をあげ、彼に声をかけた。何を言っているのかはわからないが、双方笑顔だ。多喜二は女性行員にも人気らしく、用もないのに多喜二が仕事をしている席に近づき、声をかける者もある。多喜二に本や雑誌を勧められ、嬉《うれ》しそうに持ち帰る者もいる。

小林多喜二は銀行の上司や同僚、女性行員、年少の小使いに至るまで、みなに好かれているようだ。

谷は萩原と顔を見合わせ、いったん窓から顔をひっ込めた。ここから先は、相手に気づかれないよう慎重に行動する必要がある。

幸いなことに、近くの古着屋で変装用のかつらや眼鏡、つけひげまで手に入れることができた。

これで見つかる心配はない。

二人が戻ると、ちょうど休み時間だった。多喜二は机で本を読んでいたが、そのうち折り鞄から取り出した紙を広げて何かせっせと書き始めた。仕事の時とは顔つきが違っている。銀行の仕事とは関係のない、小説家としての読書や書き物だろう。行内の様子を窺うかぎり、上司や同僚らは多喜二の振る舞いを容認しているようだ。きちんと仕事をしている以上、文句を言う必要はない。そんな感じだ。女性行員の中には、小説を書いている多喜二の机にそっとお茶を運んでくる者さえあった。

夕刻、一日の仕事時間が終わると、多喜二は机の上を手早く片付け、周囲に挨拶をして、早々に銀行を退社した。

谷と萩原は少し距離をおいて、多喜二のあとを尾《つ》けた。見慣れた帽子に、見慣れた外套、左脇にはいつものぱんぱんに膨らんだ革の折り鞄を抱えている。おかげで小林多喜二の姿は素人スパイにも見失いようがない。

多喜二は軽快な足取りで小樽の街を横切り、通り沿いにある木造二階建の建物にひょいと入った。そのまま階段を上っていく。

近づくと、建物入り口には「北方海上属員倶楽部《くらぶ》」と看板がかかっていた。谷が通りがかりの船員風の若者を呼び止め、「この二階は何だべ」と尋ねると、「海上生活者新聞の編集部だ」と教えてくれた。

通りの反対側に移動して二階を見上げると、窓に多喜二らしい影が見えた。新聞の編集部員と何か議論している。ほどなく二人は握手を交わし、笑顔で別れた。無事、原稿が受け取られたようだ。多喜二が階段を降りて来る気配に、谷と萩原は慌てて建物の間に身を隠した。

建物を出てきた多喜二は陽気な口笛を吹きながら通りを歩いていく。今度はすぐ近くにある海員組合会館に入っていった。多喜二を迎える歓迎の声が、外の通りまで聞こえてきた。

「忙しい人だべな……」谷は呆れて言った。

「どこに行っても人気者だ」

萩原が羨ましそうに呟き、小さくため息をついた。

谷と萩原は、その後三日間、小樽に留《とど》まって小林多喜二をスパイして回った。

二人の目に映る小林多喜二の生活はきわめてまっとうであった。

第一に、小林多喜二は優秀な銀行員であった。仕事は手早く、書類の文字はとびきり読みやすい。誰に対しても親切で、笑顔を絶やさない。多喜二は上司からも同僚たちからも好かれていた。行員仲間の飲み会にも参加するし、請われれば女子行員を集めて熱心に読書指導もする。

小林多喜二は『海上生活者新聞』に原稿を書き、学生時代の友人たちと『クラルテ』という同人文芸誌を出している。演説会を近隣の町まで聞きに行き、その後社会の在り方や文学について仲間たちと遅くまで夢中になって議論していて終電を逃してしまい、そのときは四十分以上かけて歩いて家に帰ってきた。

小林多喜二の家は勤め先の銀行から二駅先の若竹町《わかたけちょう》にあった。多喜二当人から聞いていた「三星パン屋」の看板を掲げた実家住まいだ。伯父さんの製パン工場から仕入れたパンや自家製の餅、学校用品などの雑貨を店先に並べ、住居を兼ねた小さな店舗で売っている。多喜二が銀行から帰るのは遅い時間だが、彼が戻るといつも家の中に明るい笑い声が響いた。続いて、歌やバイオリン、朗読の声が続くこともある。美人の娘さんが時折店に出入りしていたが、素人スパイの二人には彼女が何者かまでは突き止めることができなかった。

近所の人たちからそれとなく話を聞いてみたが、小林多喜二は近所の人たちみんなから好かれていた。小樽高商出の銀行勤めということで、幾分尊敬されているようでもあった。

その小林多喜二は、最近は週末になると決まって函館通いだ。函館で蟹工船の調査をして、夜行で小樽に戻り、朝そのまま出行して仕事をする。新聞に原稿を書く。同人誌を出す。同僚との飲み会に読書指導。家では朗読にバイオリン。店に並べる餅作りを手伝うこともある。

何しろ忙しい。スパイをしている方が目が回るほどだ。そのくせ、どんなに忙しくても、彼は明るい笑顔を絶やさない――。

内務省のお役人がわざわざ東京から北海道に出張ってきてスパイの手配を整えるほどの要注意人物だ。「プロレタリア文学の旗手」「気鋭の小説家」などとさんざん脅されたので、いったいどんな反社会的な、危険な裏の生活をしている人物なのか、とあれこれ想像していた谷は、正直言って、肩透かしをくらったような気分だった。

「もうエエだ。帰るべ」

先に言い出したのは、谷の方だった。

函館に向かう帰りの列車で、谷も萩原もずっと無言だった。お互い何を考えているのか、見当もつかなかった。

5

「おや、何を読んでいるのです?」

部屋に入ってきた萩原が、雑誌を開いている谷に気づいて驚いたように尋ねた。無理もない。

――陸《おか》じゃ本なんぞわざわざ読む気がしねえ。

谷自身、先日そう言ったばかりだ。

谷はチラリと目をあげ、読んでいた雑誌を机の上に滑らせた。

雑誌を取り上げ、表紙に目をやった萩原が、げっ、と妙な声をあげた。

『戦旗』十一月号と十二月号。

「これって……発売禁止処分を受けたやつですよね？　どこで手に入れたのです？」

「ンなことは、どうでもエエだ」谷はうるさげに顔の前で手を振って言った。「あの人の――小林多喜二の小説が載ってる」

萩原がふたたび目を落とした雑誌の目次には「小林多喜二『一九二八年三月十五日』」とある。

「クロサキさんに、彼の小説は読まない方が良いって言われたはずじゃ……」萩原がおびえたように呟いた。

「へえ。そうだったべか？　忘れた」

谷がそっぽを向いて鼻糞《はなくそ》をほじっていると、萩原は諦めたように首をふり、椅子に座って雑誌を読み始めた。

港一帯にゼネラル・ストライキがあった時、お恵《けい》は外で色々「恐ろしい噂」を聞いた。……

小説「一九二八年三月十五日」の舞台は小林多喜二の地元、小樽だ。小説では、家宅捜索を受け、警察署に連行される組合員たちの姿が描かれる。

お恵の夫の龍吉《りゅうきち》や労働組合の者たちは、理由も告げられずに次々に小樽警察に連行されていく。不可解な状況の背景に、日本で初めて行われた普通選挙で無産政党が八議席も獲得した結果を受け、政府が慌てて弾圧に乗り出したことが示唆される。警察は一週間のうちに労働者、労働運動関係者、シンパの知識人ら二百人ほどを、手当たり次第、無茶苦茶に狩り立ててきて、留置場はたちまち一杯になる……。

最初は怖々《こわごわ》と、次第に夢中になって読んでいる様子だった萩原が、急にアッと声をあげた。横目で窺うと、小樽警察署で「取り調べ」という名の拷問が始まる場面にさしかかったところのようだ。

ある者は裸にされて、爪先《つまさき》と床の間が二、三寸も離れるほど吊《つる》し上げられる。警官たちは彼を竹刀で滅茶苦茶《めちゃくちゃ》に殴りつける。気絶すると、水をぶっかける。息を吹き返すと、今度は下に金の打ってある靴で蹴る。

別の者は両方の掌を上に向けてテーブルの上に置かれ、力一杯鉛筆を突き立てられた。指の間に鉛筆を挟んで縮める。首を絞められ、気絶させられる者もあった。警察医が脈を診ていて、すぐに息を吹き返させ、また窒息させ、息を吹き返させ、それを何度も繰り返す。頭は朦朧《もうろう》とし、何を聞かれても「ウン、ウン」としか答えられないようになる。

両足にロープを結び付けられ、取調室の天井の梁《はり》から垂らした滑車で逆さまにつるし上げられる者もある。顔はたちまち火の玉のようになり、眼が真っ赤に充血し飛び出してくる。三本一緒にした細引きで殴りつけられ、メリヤスの冬シャツがズタズタに細かく切れて血だらけになる。熱湯に手を突っ込まれ、痛みと恐怖のために気が狂ったようになる。

拷問は何時間も続き、顔が「お岩《いわ》」のようになった者たちが、監房の中に襤褸《ぼろ》くずのように放りこまれる。

作品後半は〝これでもか〟というほどリアルな拷問の描写が続いている。

「ウソだろ……」

頁をめくりながら何度も呟いていた萩原は、読み終えると、小説の最後の頁を開いたまま、谷をふり返って尋ねた。

「これを本当にあの人が書いたのですか？　いつもにこやかな笑みを絶やさない、人好きのする銀行員のあの人が……」

質問が終わる前に、ドアが開く音がした。

振り返ると、黒ずくめの細身の男が部屋に入ってきた。クロサキと名乗る内務省のお役人だ。

クロサキは萩原が手にしている雑誌に目をとめ、軽く顔をしかめた。

「読まないようにと、忠告したはずですがね」椅子に腰を下ろしながら、冷ややかな声で言った。

萩原は自分が手にしている雑誌に気づき、「これは、谷さんが……」と言い訳しかけて、思い直したように別のことを尋ねた。

「これは本当にあったことなのですか？」

「小説を読んで、本当にあったことかと聞かれても、返事のしようがありませんね」

「僕が尋ねているのは小説の話じゃない」萩原は珍しく強い口調で続けた。「勾留《こうりゅう》中に病気になって釈放されてきた明彦兄さんの体にはたくさんのアザがあった。警察は、勾留中に自分で転んでぶつけた時に出来たアザだと両親に説明した。両親はそれ以上警察に何も尋ねなかったし、兄さん自身、アザについては何も言わなかった。もしかすると、あれは……」

萩原は言葉を切り、何事か思案する様子で眉を寄せた。ぶるりと首を振り、手にした雑誌から目を逸《そ》らして、クロサキに引きつった笑みを向けた。

「でも、そんなはずはないですよね？　僕だってそんなこと――明彦兄さんが地元の警察に拷問されたなんてことは、信じたくない。町の安寧と秩序と正義を守る警察が留置所で市民を拷問しているだなんて、いくらなんでも不自然だ。おかしすぎる。そりゃあ、去年行われた初の普通選挙の後、警察がおおぜいの労働組合員を連行したって話は聞いたけど……」

「その件については、政府が公式に否定しました」クロサキが無機的な口調で答えた。「去年、労農党の山本宣治《やまもとせんじ》議員が、警察で拷問が行われているのではないかという噂を国会で取り上げ、ことの真偽を問い糺《ただ》したさい、政府を代表して答弁に立った内務次官が『警察の取り調べで拷問など断じてありえない』『明治、大正、昭和を通じて、この聖代において想像するだに戦慄《せんりつ》を覚える』と言って、疑惑をきっぱりと否定したのです」

萩原の顔がぱっと明るくなった。

「そうだ。新聞にそんな記事が出ていた」そう呟くと、谷を振り返り、

「〝拷問による取り調べは法律で禁じられている。拷問による取り調べは違法〟。時の内務次官が国会でそう答弁して、記録にもちゃんと残っているんです」

萩原は、自分自身に言い聞かせるように言葉を続けた。

「つまり、小林多喜二の『一九二八年三月十五日』は〝作り話〟だということです。小説、イコール、フィクション。フィクション、イコール、虚構というわけですね。

だとしたら、逆にこれは実に良くできた小説です。まるで本当にあったことのように書かれている」

一息にそこまで言った萩原が、急に妙な顔になった。

部屋の中に気まずい雰囲気が流れていた。

「……どの組織にも、やり過ぎる連中はいるものです」クロサキが低い声で言った。

「その尻ぬぐいってわけだべか。あんたも大変だな」谷は鼻毛をふっと息で飛ばして相槌を打った。

「どういうことです？」萩原が左右に首をふって尋ねた。「やり過ぎる連中？　尻ぬぐいって……」ハッとした顔になり、

「まさか、この小説に書かれているのは全部本当のことだというのですか？　去年の普通選挙の後、小樽警察署では違法な拷問が行われた――この小説に書かれた通りのことが行われた――それをあの人が小説に書いて発表したから……だから僕たちに彼をスパイさせているのだと……」

「そうじゃねエべ」谷は蝿でも追うような仕草で手をふって言った。「内務省のお役人様が、小樽警察の下《した》っ端《ぱ》巡査風情の尻ぬぐいのために、わざわざ東京から何度も足を運んで来るもんか。この人の言う〝やり過ぎる連中〟ってのは、拷問した小樽警察の巡査のことじゃねえべさ」

「えっ？　それならいったい……」

谷は渋い顔で、頭をぼりぼりと掻いた。萩原に体ごと向き直り、

「みんなが知っていることを国会でわざわざ質問したその山本宣治とかいう代議士と、それを公の場で正面から否定しちまった官僚のお偉いさん──裏でやってる分にはともかく、表の記録には残しちゃいけねえ話もある。ま、そういうことだべ」

「そういうことって……。えっ？　それってどういう……」

萩原は眉を寄せ、不意に見えない手で殴られたような顔になった。

半月ばかり前。

山本宣治議員が右翼団体の男に刺殺された。

〝ヤマセン〟の愛称で親しまれてきた山本宣治議員は、内閣を痛烈に批判する国会演説をたびたび行い、与党・政友会系議員の野次と怒声をものともせず孤軍奮闘してきた人物だ。昨今は「危険思想の持ち主」として特高の尾行が四六時中ついているという評判だった。ところが新聞発表の警察談話では「あいにく五日夜は同氏の行動に気づかず、尾行していなかったため、取り返しのつかぬ事になった」というものだ。

その日だけ尾行がついていなかった。

萩原がゆっくりと顔をふり向け、茫然《ぼうぜん》とした目付きでクロサキを眺めた。彼は最初に内務省の役人だと自己紹介した。警察組織は内務省の管轄だ──。

「我々が指示したと疑っていらっしゃるのなら、それは違います」

クロサキは、幽霊のような青い顔をしている萩原ではなく、谷の方を見て言った。

「苟《いやし》くも我が内務省が、市民や政治家の暗殺を命じるはずがない。違います。我々の指示ではありません」

「表向きは、まあ、そうだべな」谷はせせら笑うように鼻糞をほじりながら呟いた。

「現場の連中が勝手に忖度《そんたく》してやりすぎた。よくあることだべ」

クロサキは目を細めて谷を眺めた。短い沈黙のあと、小さく首を振って言った。

「いけませんね。鋭すぎるのは、刃物と同じで必ずしも褒められたことではありません。いつか自分が怪我をしますよ」

「おー、こわいこわい」谷は首をすくめ、萩原を振り返った。

「聞いたかい。お役人様のせっかくの忠告だべ。怪我せんよう、せいぜい気を付けるんだで」

「えっ、僕ですか?」萩原は、急に話を振られて驚いたように目を瞬いた。

「鋭いといや、大学出のあんたのことに決まっとるべ」

「いや、でも。えっ、そうかなぁ」萩原は混乱したように両手を頭にやった。

「それで、目星はついたんだべか?」

「結局、しっぽはつかめませんでした」クロサキは首を振った。

小林多喜二は仕事場でも家庭でも周囲の者たちみんなから好かれている。上司の覚えも良い。彼の行為は現行法上いかなる法律に照らし合わせても違法ではなく、谷と萩原が上げた報告書でも、違法なアカの組織との関係は証明できなかった。このままでは彼が書いた小説掲載誌を発禁にできても、それ以上の罪に問うことはできない。

「周囲の助言もあるのでしょうが、小林多喜二は稀《まれ》に見る天性のバランス感覚の持ち主です」クロサキはあたかも科学実験の結果を報告するような冷静な口調で言った。「だからこそ、彼が書く小説は〝芸術と労働〟〝思想と肉体〟といった相反するものの上にうまく成立しているのでしょう」

「へえ。あんたがあの人の小説を褒めるとは意外だべな」

「褒めているわけではありません。そういうものだ、と言っているだけです」

クロサキは眉を寄せ、顔の前で軽く手を振って議論を打ち切った。

「それで、どうすんべ。スパイの仕事は終わりでエエだべか？」谷は素知らぬ顔で尋ねた。

これで約束の報酬が手に入るなら、楽な仕事だ。

そう思ったが、残念ながらそんなうまい話があるわけがなかった。

クロサキは大型の書類封筒を取り出した。

「次が、あなた方への最後の取材日になるはずです。取材面談中に隙を見てこの書類を彼の鞄に忍ばせて下さい」

受け取った封筒には「北海道拓殖銀行小樽支店」と印刷されていた。

小林多喜二が勤める銀行の公式の封筒だ。「極秘」「社外秘」と、赤い印がいくつもベタベタと捺《お》されているが、封はされていなかった。

谷は萩原と封筒の中を一緒に確かめ、思わず顔を見合わせた。

「磯野《いその》商会に関する報告書」。

見るからに剣呑《けんのん》な代物だった。

6

「お二人への取材は今日で最後になります。これまで色々と貴重なお話を聞かせて頂き、有り難うございました」

二日後。函館漁労を訪れた小林多喜二は、部屋で待っていた谷と萩原にそう言って頭を下げた。

次が最後の取材日となるはず——。

クロサキが言った通りだ。

「今日は、これまでお伺いした中で疑問に思った点をいくつか確認させて下さい」

椅子に腰を下ろした多喜二は、書類その他で膨らんだ革製の折り鞄を机の上に置いて、「あれっ、どこにいったかな」と、いつものように取材用の手帳を探している。

「あった、あった。これだ。さ、これでよしっと。今日もよろしくお願いします」

顔を上げ、ニコリと人の良い笑みを浮かべた。

――ふだん通り振る舞うことです。

クロサキは二人にそう注意した。

――相手の行動に合わせて自然に振る舞って下さい。いつもどおり。いいですね。

と念を押した。

多喜二は手帳をめくり、「実は以前にお話を聞かせて頂いたさい、ちょっと気になったので調べてみたのですが……えーっと、あった。ここです。この遭難無線の件をもう少し詳しく教えて頂けないでしょうか。この件を話してくださったのは、たしか萩原さんでしたよね？」

多喜二はそう言って椅子から立ち上がり、萩原の隣に移動した。立ったまま、頭を寄せるようにして何事か熱心に話しこんでいる。萩原は青い顔で、ふだんに比べれば明らかに言葉数もすくなかった。そもそも多喜二と目を合わせられない。

（ま、ふだん通りってわけにはいかねえべ）

谷は椅子の背にもたれ、頭の後ろで手を組んで天井を見上げた――。

先日クロサキが谷と萩原に預けたのは、一昨年に小樽で起きた「磯野小作争議」に際して拓殖銀行小樽支店が作成した極秘資料だった。

前年、冷害で大凶作にみまわれた北海道では小作料軽減を求める激しい争議が各地で起きた。磯野小作争議もその一つだ。

磯野商店の当主・磯野進は道央富良野《ふらの》に広大な土地を所有する一方、小樽で手広く海産物商を営み、市議会議員、商業会議所会頭を務める「不在地主」の一人である。

磯野は困窮する富良野農民の訴えには一切耳を傾けず、逆に小作料の引き上げを要求。応じない者に対しては、土地返還と財産差し押さえの訴訟を起こした。

富良野の農民は代表を小樽に送り、窮状を訴えた。これに応えて小樽の労働組合は富良野農民との共闘を決議。磯野商店の荷物の陸揚荷役を拒否するとともに、小樽の町全体で磯野商品の不買運動が展開された。

争議は延々一か月以上に及ぶ。

最後は磯野側が折れ、調停書は争議団が最初に要求した条件を上回る内容となった。職種を横断する複数の労働者が団結して資本家、不在地主から勝利をもぎとった、記念すべき出来事だ。

ところが、争議が収まり、平穏が戻った小樽の町に、しばらくして妙な噂が流れた。

磯野農場に関する極秘資料が争議団に流れていたのではないか、という。

磯野側が最終的に折れたのは、富良野農民の悲惨な状況を突き付けられたからだ。具体的な事例と数字が揃うことで、争議は万人の心と頭に訴える迫力を得た。

富良野農場の惨状を示す数字は、いったいどこから出てきたのか？

たとえば磯野の主要取引銀行である拓殖銀行小樽支店。磯野の金を扱っている銀行なら、金の流れを追うことができる。

当時、小林多喜二は入行四年目。争議団に同情を寄せる〝シンパ〟の一人であったことは間違いない。だが、取引先の情報を外部に漏らすことは重大な職務違反だ。もし小林多喜二が銀行の情報を争議団に漏らしていたのなら解雇は免れない。一家は収入の道を断たれ、たちまち困窮することになる。再就職も難しいだろう――。

「そのためには証拠が必要です」

クロサキがそう言って二人の前に差し出したのが、「極秘」「社外秘」の赤い印が捺された拓殖銀行の封筒だったというわけだ。

重大な職務違反の証拠となる封筒を小林多喜二の鞄の中に忍ばせること。

それが二人に与えられた最後の仕事だった。

「これは、素人のあなたたちだからこそできる任務です」

クロサキは自信たっぷりに太鼓判をおした。

小林多喜二には妙な癖がある。鞄を必ず手の届くところに置いて、決して目を離さない。そのくせ、あるいはそのせいなのか、自分の鞄に何が入っているのかまるで把握していない。たとえ自分のものではない封筒が紛れ込んでも、十中八、九、気づかない。

「勤め先の銀行では鞄を置いて席を立つこともありますが、その場合は常に周囲に同僚たちの目があります。小林多喜二は勤め先の銀行内で上司や同僚からの信用が篤《あつ》い。作戦遂行にはここが最も相応《ふさわ》しい」

そう言ったクロサキは朱色の唇に微《かす》かな笑みを浮かべ、もう一つ手品のタネを仕込んでいった――。

谷はおもむろに立ち上がり、部屋の隅の達磨《だるま》ストーブにかかっている薬缶《やかん》を取り上げて自分の湯飲みに注いだ。湯気の立つ白湯《さゆ》を一口飲んだ後、萩原と多喜二にも持っていってやる。

「ありがとうございます」

多喜二は礼を言って湯飲みを受け取り、一口飲んだ。萩原も、谷をちらりと振り返った後、同じように白湯を啜っている。

谷は自分の席に戻り、もとのように椅子の背にもたれて鼻糞をほじりはじめた。

少しして、クロサキの手品の効果が現れた。

「あれっ、おかしいな」多喜二が困ったように呟いた。「なんだかお腹《なか》が妙な感じなので……すみません、ちょっと席を外します」

「便所なら、そこのドアを出て、右手の突き当たりだべ」谷は頭の上で手を組んだまま、顎《あご》をしゃくって教えてやった。

「すぐ、戻ります」

小林多喜二がドアを開けて部屋を出ていった後、谷は萩原と目配せを交わした。耳をすますと、教えた通りに廊下を右に歩いて行く足音と、続いて突き当たりの便所のドアを開ける音が聞こえた。

谷は、机の下に貼り付けておいた拓殖銀行の封筒を机の上に取り出した。萩原が椅子から立ち上がり、ドアの近くに移動して外の気配を窺う。

いずれも、クロサキに指示された行動だ。

――小林多喜二が使う湯飲みの内側に薄く下剤を塗っておきます。

先日、クロサキは谷と萩原を前にして言った。

――湯飲みには印を付けておきますので、くれぐれも間違わないよう。薬が効いて、彼が席を立ったら、速やかに行動に移って下さい。

クロサキの指示通り、谷は多喜二の鞄を取り上げ、大きく口を開いて、中ほどに封筒を忍ばせた。鞄にはたくさんの書類や雑誌、手帳などが詰め込まれていて、元のように置くと、封筒を紛れ込ませたことなどたちまちわからなくなった。

多喜二が便所から戻った時には、二人はすでに何食わぬ顔で元の椅子に座っていた。

「腹具合はもうエエだべか？」

「大丈夫です。ちょっと冷えたのかもしれません」

谷の無遠慮な問いに、多喜二は決まり悪げに顔を赤らめた。多喜二は萩原に歩み寄り、「それで、先ほどの話の続きなのですが……」と早速始めた。

谷は、少し間を置いて席を立った。これもクロサキに指示されたとおりだ。「便所に行ってくる」そう言い残して、ぶらりと部屋を出た。

小用を足し、元の部屋に戻る途中、間違えたふりで一つ手前のドアを開ける。

薄暗い部屋の中で、クロサキが一人で座っていた。

谷はニヤリと笑い、軽く頷いてみせた。

7

翌日。

小樽の町は、月曜の朝特有の気ぜわしい雰囲気に包まれていた。

勤めに向かう者たちが、両側に雪が多く残った歩道を、白い息を吐きながら黙々と足を急がせている。

空は薄曇り。小雪舞う、寒い一日になりそうだ。

二十余りの銀行が集まる十字街にも、各行に勤める者たちが八時の始業時間に間に合うよう続々と集まってきていた。その中に、紺ラシャの外套、ソフト帽を被り、書類で膨らんだ革の折り鞄を左脇に抱えた小林多喜二の姿があった。夜行列車で、さっき小樽駅に着いたばかり。列車内で洗面所を使ったものの、帽子の下から寝癖のついた髪が撥《は》ねている。

背後を、変装した妙な二人組——谷と萩原——がこっそり尾けていることには気づいていない様子だ。

多喜二は同じ方角を目指して歩いている者の中に同僚の顔を見つけ、足早に近づいて明るい声で朝の挨拶を交わした。にこにこと笑みを浮かべた多喜二とひとこと朝の挨拶を交わそうと同僚や女性行員、部下、あるいは上司の中にも近寄ってくる者たちがいて、拓殖銀行に近づくにつれて、多喜二の周囲には人が集まってくる。ちょっとした集団出社の様相だ。彼らは勤め先である拓殖銀行小樽支店の建物に到着すると、裏手の行員通用口から順次行内に入っていった。

小林多喜二が同じ課の先輩の後に続いて行内に足を踏み入れようとしたまさにその時、それまでどこに身を潜めていたのか、突然、巡査の一隊が姿を現した。

制服姿の巡査たちは小林多喜二の両脇を抱え、啞然としている行員たちの視線を尻目に、無言のまま多喜二を行内に運び去った。

異変に気づいた者たちが拓殖銀行通用口近くに集まってくる。谷と萩原も野次馬のあいだに紛れて、内《なか》を覗き込んだ。

すでに出行していた行員らが呆気にとられて、制服巡査に囲まれて椅子に座る多喜二を遠巻きに眺めている。

「いったい何の騒ぎだ」

支店長の声に、みなが一斉に振り返った。支店長は巡査に取り囲まれて椅子に座る多喜二に視線をむけ、目顔で尋ねた。が、多喜二も自分の身に何が起きているのかさっぱりわからない様子で、首をかしげてみせただけだ。

「行内への無断侵入は許されない。即刻、出て行きたまえ」

支店長は巡査の一行を見渡して、厳しく言い渡した。

「通報があったのです」

冷ややかな声とともに、巡査たちの中から黒い背広姿の細身の男が歩み出た。

「誰だね、君は?」支店長は訝しげに眉を寄せて尋ねた。

男が近づき、耳元で何ごとか囁くと、支店長の顔色が急に変わった。

「なるほど。……では、お好きに」打って変わった物腰の低い様子で呟いて、男に事態を委《ゆだ》ねた。

黒い背広姿の男は集まった行員を見回し、

「我々は、当行の小林多喜二氏が顧客の信用を裏切る重大な情報漏洩《ろうえい》行為に関わっているとの情報を得ました。みなさんの目の前で、今からその疑惑を検証したいと思います」

そう宣言した上で、顎をあげ、巡査の一人に「やれ」と短く指示した。

巡査は、多喜二から折り鞄を取りあげ、別の机の上に置いた。抵抗しようとした多喜二は、両脇から別の巡査に取り押さえられた。

みなが見ている目の前で、多喜二の鞄が開けられた。

中身が一つずつ、机の上に引き出される。

さまざまな種類の書類、書きかけの原稿、ノート、パンフレット、雑誌、仕事の資料……。

机の上には、たちまち紙の山が積み上げられていく。

息を詰めて成り行きを見守っていた者たちは互いに目配せを交わした。やがて「まあ、あんなにたくさん……あんなものまで」と、女性行員の一人が呆れたように呟く声に続いて、くすくすという忍び笑いが漏れ出た。

が、巡査が次に鞄の中から取り出した拓殖銀行の封筒を見て、周囲の雰囲気が一変した。「極秘」「社外秘」と印が捺された銀行の封筒が多喜二の鞄から出て来た。それが何を意味するのか、行内でわからない者はない。

「何ですかな、これは？」

黒い背広姿の男が、鞄から取り出された銀行封筒を指し示して多喜二に訊《たず》ねた。

さあ、と多喜二はやはり首をひねっている。

「問題は中身だ」

黒い背広姿の男は勝ち誇ったように呟くと、封筒を取り上げ、書類を引き出した。

男が封筒から引き出した書類には、恐ろしく下手な兎の絵が大きく描かれていた。

「……ばかな」

男は呻《うめ》くように呟き、次々に書類を引き出した。そのたびに封筒の中から下手くそな兎の絵が現れる。兎たちは奇妙な恰好で思い思いに海の上を飛び回り、あるいは後足で船を蹴っ飛ばしている——。

行員の一人がぷっと吹き出し、それをきっかけにその場に居合わせた者たちの間に笑い声が広がった。

行員たちがもはや遠慮会釈なくあげる笑い声の中、黒い背広姿の男は巡査一行を率いて銀行を出ていった。

8

祝津《しゅくつ》の灯台が回転するたびにキラッキラッと光るのが、ずうっと遠い右手に、一面灰色の海のような海霧《ガス》の中から見えた。それが他方へ回転してゆくとき、何か神秘的に、長く、遠く白銀色の光芒《こうぼう》を何浬《カイリ》もさっと引いた。

谷勝巳は、口のあたりをかじかんだ両手で丸く囲んで、白い息を吐きかけた。函館を同時に出航した他の蟹工船は、海霧に隠れ、あるいはいつの間にか離れ離れになってしまったらしく、もうどこにも姿が見えない。

――ここまで来れば、大丈夫だべ。

谷は丸めた両手の陰で、ニヤリと笑みを浮かべた。

多喜二の最後の取材面談日前日、谷はあるいたずらを思いついた。萩原に兎の絵を何枚も描かせ、クロサキから預かった封筒の中身とすり替えたのだ。結果がどうなるか。多喜二と一緒の夜行列車で小樽に向かい、変装して後を尾けた。

首尾よくことが運んだのを見届け、見付かる前に野次馬にまぎれてこそこそ逃げ出した。今ごろ内務省のお役人が騙されたことに気づいて腹を立てているかもしれないが、オホーツクの海の上までは追って来られない……。

谷の側でも約束の金は受け取り損ねた。が、蟹工船に四か月乗ればそのくらいの金は手に入る。北の海を知り尽くした優秀な漁師は、人手不足の蟹工船会社にとっては、のどから手が出るほど欲しい人材だ。

妙なものだべな、と谷は灰色の海を見回して目を細めた。

もいっぺん乗るくらいならどんなことでもやる、そう思っていた蟹工船に、また自分から乗りたくなるとは思ってもいなかった。

お上《かみ》の仕事で小林多喜二に蟹工船の話を何度かするうちに、谷はいつしか自分の中で気持ちが変化していることに気がついた。地獄《ぢごく》さ行《え》ぐんだで。捨て鉢な気持ちでそう言っていた蟹工船の生活が、妙に懐かしく思えてきた。正確に言えば、兎飛ぶカムサツカの荒海にまた蟹をとりに出たくなった。蟹がザクザク上がってくるときほど血が騒ぐときはない。あれに比べれば、賭場での楽しみなど比べ物にならない。己の命を的《まと》に北海の荒海を突っ切って蟹や鮭や鱒《ます》を捕りにいくのは、何も大日本帝国の大きな使命のためなどではない。本当は海に出て蟹や鮭や鱒を捕る仕事が好きだからだ。働くことで、生きている実感があるからだ。そう思うようになった。結局のところ〝ねっからの漁師〟ということなのだろう。

きっかけは多喜二の言葉だ。

——蟹工船が地獄に思えるのは、労働条件と賃金の分配に問題があるからです。

小林多喜二はそう指摘した。その一言で、目から鱗《うろこ》が落ちた感じだった。

魚や蟹を捕る、あるいは船を動かすという労働によって価値が生まれる。だから、本当は働いているのに貧しくなるはずはない。働いても貧しくなるのは——ましてや死んだ方がましだとさえ思うのは、生み出された富を一部の者が独占しているからだ。

自分たちの日々の労働が価値を生み出しているという自負を持てばいい。自分でも意識していなかったが、谷には漁師としての自負がある。小林多喜二と話をするうちに、そのことに気づいた。

——優秀な漁師として、正当な労働条件と分け前を要求するのは当然のことだ。

そんなふうに思いはじめたのは、自分でも驚きだった。

尤《もっと》も、海のことなど何も知らない〝学生上がり〟の萩原の場合は話は別だ。大学出の萩原には、谷にはできない、別の労働の仕方がある。

小樽から戻った翌日、谷は青函《せいかん》連絡船乗り場まで萩原を見送りに行った。

「お世話になりました」

萩原はそう言って谷に頭を下げた。萩原は東京に戻って、保険会社に就職する手筈《てはず》になっている。

この不況下で保険会社が萩原に興味をもったのは、彼が小林多喜二に話したある情報がきっかけだった。谷や萩原が乗った船と同じ蟹工船会社が傭船《チャーター》した一隻が先のシーズン中にオホーツク海で遭難し、沈没した。不幸な海難事故として処理されたが、その船から発せられたSOS信号を受信しながら、蟹工船会社から派遣された監督が救助に向かおうとする船長を押し留め、「あのボロ船には、勿体ないほどの保険がかけてある。沈んだらかえって会社が得をするんだ」と言っていたのを、萩原が偶然聞いていた。

萩原からその話を聞いた多喜二は、該当の保険会社に問い合わせて、実際に保険金の支払い請求が行われていることを確認した。その後、銀行員の多喜二と東京の保険会社の間でやり取りがあり、最終的に保険会社から「最近一人欠員が出た。事故の状況を証言してくれるなら、雇用を考えてもいい」という話になったという。

適切な救助活動を行わず、故意に沈没させたとみなされれば保険料は支払われない。海の上では〝使えない学生さん〟の萩原も、保険会社にとってみれば、〝大学出の学士様〟である。萩原の証言は値千金だ。谷は念のため、自分の分の証言を記した紙に署名と拇印《ぼいん》を押して萩原に渡してあった。

「あんなことをして大丈夫ですかね？　僕たち、捕まりませんかね」

函館の連絡船乗り場で、萩原は不安そうに左右を見回し、おどおどした小声で谷に尋ねた。あんなこととは無論、内務省のお役人から託された封筒の中身を兎の絵にすり替えたことだろう。預かった元の書類は、東京内務省クロサキ様宛として、匿名で送っておいた。

谷はフンと鼻を鳴らした。大丈夫もなにも、やってしまったことは仕方がない。いたずらをもちかけた時、萩原は面白がっていたではないか。第一、あのまま封筒を鞄に入れておいて、それが原因で多喜二が銀行を馘《くび》になったら、困るのはむしろ、多喜二の紹介で保険会社に入る萩原の方だ。大学を出ているくせに、萩原はどうもその辺りの認識が甘い。

「お役人が自分で言ってたべ。日本は法治国家だ。理由もなくしょっぴくことはできないって。書類が兎の絵に化けたからって警察に捕まえさせるってェのは、いくら何でも無理があるべさ」

それはそうですが、と萩原はやはり心配顔だ。

「オレたちは〝新進気鋭の小説家〟〝プロレタリア文学の旗手〟小林多喜二じゃねえんだ。オレたちみたいな小物《こもの》にいちいちつきあってるほど、あのお役人もひまじゃねえべさ」

谷は萩原の肩を一つどやしつけ、「ただ、まア目障《めざわ》りは目障りだろうから、さっさと消えることだ。何かあれば、その時はその時だ。ンだば、東京のカフェー勤めの彼女によろしくな。元気な赤ん坊生むんだで」そう言って送り出した。

谷はその後、すぐに蟹工船に乗って函館を離れたので、萩原とはそれきりだ。

二か月後。

カムサツカの海で漁を続ける蟹工船に中積船が接続した。

「ほい、陸からの差し入れ。珍しいな。谷さん、あんたにだ」

そう言って渡された包みを開けると、講談本が二冊中から出てきた。差し入れの送り主は谷の弟になっているが、谷には弟などいない。

講談本の表紙を剝《は》ぐ。中身は『戦旗』五月号、六月号だ。頁を開くと、小林多喜二の小説「蟹工船」が二号に分けて掲載されていた。

萩原に頼んでおいた品だ。手紙はついていなかったが、雑誌の表紙の隅に小さく赤い丸が書いてあった。男の子なら青い丸。女の子が無事生まれたらしい。

谷は漁師のたまり場の通称「糞壺《くそつぼ》」に行って仰向《あおむ》けに引っ繰り返り、一緒に送られてきた林檎《りんご》をかじりながら「蟹工船」を読みはじめた。

――おい地獄さ行《え》ぐんだで！

そう書き出された小説を拾い読むうちに、谷はいつしか林檎をほうり出し、腹ばいになって夢中になっていた。

すげえ。

谷は小説を読みながら途中何度も息を吞み、あるいはゲラゲラと声に出して笑った。

オレたちから聞いた話なのに、あの人はまるで自分の眼で見て書いているみてえだ。

そう考えて、すぐに思い直した。いや、そうではない。逆だ。なるほど、小説に書かれているエピソードはどれも自分たちが小林多喜二に話したものだ。だが、聞いた話をただ並べたのではこんな小説には決してならない。小説を読んで谷は、妙な話だが、自分が乗っている蟹工船がどんなところなのか初めてわかった気がした。小説を読むということは、あの人の、小林多喜二の目でこの世界を見るということだ。

小説では蟹工船での労働が、くっきりとした線で生き生きと描き出されている。蟹工船が如何《いか》に地獄なのか、それだけではなく、如何にして地獄なのかが自《おの》ずと伝わってくる。そのくせ、読後感は不思議と明るい。小林多喜二は根本的なところで人間と労働に対して信頼を寄せている。たぶん、そのせいだ。

谷の脳裏に、早春の空のきわめて高い場所で囀《さえず》る雲雀の姿が浮かんだ。鷹《たか》も烏《からす》もハヤブサも、かれは少しも恐れる様子もなく、空の一角で囀ることで春の訪れを告げる。雲雀の声を耳にして、地上の者たちは春が来たことをはじめて知るのだ。

萩原の話によれば「一九二八年三月十五日」が掲載された雑誌『戦旗』は初版八千で、発売禁止処分を受けたにもかかわらず口コミで広がり、版を重ねて売れ続けたという。そんなことはめったにないらしい。

世の中の読者は本当のことを知りたがっている、自分たちの現実を本気で書いた小説を求めているという証拠だ。「蟹工船」掲載号もどうせ即日発禁だろうが、この面白さだ。「一九二八年三月十五日」の時よりずっと多くの読者がつくのではないか。

雑誌を閉じかけて、谷は一か所、気になる場面があったことを思い出した。

小説「蟹工船」の終盤近く、天皇への「献上品」となる蟹缶詰を作るさいに漁夫の一人が、

「石ころでも入れておけ！――かまうもんか！」

と、嘯《うそぶ》く場面がある。

この話を多喜二にしたのは、谷だ。谷が自分のこととして話した挿話を、多喜二はそのまま小説に取り入れている。だが、実を言えば、蟹工船に乗っていた時、谷は実際はその台詞《せりふ》を口にしなかった。頭に浮かんだものの、結局口に出さなかった台詞を、あたかも言ったかのように多喜二に話して聞かせた。

この話をした時、小林多喜二は一瞬片目を細め、もの問うように谷を見た。谷はすぐに自分が言い過ぎた、口が滑ったことに気づいた。眉を上げ、ニヤリと笑ってみせた。〝エエかっこして言い過ぎた〟。伝わったと思っていたのだが――。

（小説としては、この台詞があった方がえがったってわけだべか？）

谷は煙草を一服吸いつけ、ふと、妙な胸騒ぎを覚えた。

昨今、巷《ちまた》ではとみに「不敬罪」なる言葉を耳にするようになった。政治家や役人、

警察官ばかりではない、市井の者からやくざに至るまで、あたかもそれが絶対悪であるかのように恐れ畏《かしこ》まる、おかしな雰囲気だ。小林多喜二は機密漏洩の罪で銀行を追われることはなかった。兎の絵云々《うんぬん》以前に、上司や同僚たちから信頼され、守られているからだ。しかし「蟹工船」にこの一文、「石ころでも入れておけ！」と書いたことで、周囲の者たちの態度が変わるかもしれない。不敬罪。クロサキとかいうあのお役人はこの作品を読んで、小林多喜二を捕らえる良いきっかけが出来た、と舌なめずりしているのではないか……。

「誰が仕事を離れてエエって言った！」

甲板から聞こえた怒鳴り声で、谷は我に返った。怒鳴っているのは、東京の親会社から派遣されてきた監督役の男だ。以前萩原と一緒だった蟹工船の監督とは別人だが、雑夫や漁夫に対する態度は相変わらずひどいものだ。やっぱり同じように棒をもって年少の雑夫たちを殴って回っている。どんな奴が来ても、会社の権威を笠《かさ》にきて、判で押したように偉そうになるのは不思議なくらいだ。

出航後二か月が過ぎて、蟹工船内には恐ろしいほどの不満がたまってきている。そろそろ皆をけしかけはじめても良い頃合いだ。

小林多喜二は小説「蟹工船」の中で登場人物たちに、

「威張《いば》んな、この野郎」

繰り返しそう言わせている。この台詞が出て来るたびに、谷はゲラゲラと笑った。

いい台詞だ。

手初めにひとつ、この台詞を船で流行《はや》らせてみるとしよう。

谷は煙草をもみけして、のそりと立ち上がった。

萩原と一緒だった前の船では、みなで一度サボをやったが、結局海軍が出てきて潰されてしまった。

この船でも、またダメかもしれない。

だが、小林多喜二の小説はこう呼びかけている。

――も、う、一、度、だ！

叛《はん》徒《と》

1

鶴《つる》さん、と呼び止める者があり、振り返った男の横顔に記憶が甦《よみがえ》った。

色白の、すっきりと整った顔立ち。黒鼈甲《くろべっこう》縁の大きな丸眼鏡のせいで最初は見分けがつかなかったが、丸眼鏡の奥できらきらと輝いている黒眼がちの目に見覚えがあった。

最後に会った四年前の印象のままだ。

――やっと見つけた。

丸山嘉武《まるやまよしたけ》は、目深にかぶった中折れ帽の陰で薄く笑みを浮かべた。

東京中野《なかの》区大和《やまと》町にある一軒家から出てきた男は喜多《きた》一二《かつじ》。もっとも最近は、川柳作家〝鶴彬《つるあきら》〟の名前の方が広く知られている。

丸山は道一本隔てた古本屋の店先に立ち、古書を物色するふりをしながら、ガラス戸に映る男の様子を観察した。

四年前と比べて、いくらか痩《や》せたようだ。当時丸刈りだった髪の毛を長く伸ばし、縮れた髪を後ろになでつけている。傲然《ごうぜん》と反らせていた長身の背中をやや丸めるようにしているのは、どこか体を痛めているのか、あるいは——黒縁のどなし丸眼鏡同様——正体をくらますためかもしれない。

鶴彬に声をかけ、道端で立ち話をしている相手はどこの誰とも知らぬ若者だった。今年二十八歳の鶴彬と同年代。何を話しているのか、残念ながら内容まではわからない……。

古本屋のガラスに映して観察を続ける丸山の視界の隅に、音もなく人影が入ってきた。

目を向けると、すぐ隣に見知らぬ男が立っていた。葬式帰りのような黒ずくめの服装。酷暑の八月。今年はお盆を過ぎても厳しい残暑がつづいている。陽炎《かげろう》がゆらめく暑さの中、男の生白い顔には汗ひとつ浮かんでいない。

「丸山憲兵大尉とお見受けしました」

男は店先に並ぶ古書に手を伸ばしながら、囁《ささや》くような声で言った。

丸山は口の中で小さく舌打ちをした。とんだ邪魔が入った。今日の任務はここまでだ。

ガラスの面《おもて》に目をやると、立ち話をしていた二人が並んで立ち去るところだった。二人が角を曲がって見えなくなった後、丸山は隣の男に体ごと向き直り、

「貴様、何者だ」

と正面から鋭い声で質問をあびせかけた。

並み居る軍人たちを震え上がらせてきた憲兵大尉としての誰何《すいか》だ。

が、男は平然とした様子で手にした古本を棚に戻し、

「内務省警保局のクロサキと申します」

そう言って、丸山に軽く目礼した。

内務省の役人だと？

予期せぬ答えに、丸山は太い眉《まゆ》を引き上げた。言われてみれば、男の小狡《こずる》い雰囲気はいかにも役人臭い。

「それで、内務省の役人が俺に何の用だ？」

丸山の問いに、相手は腕時計にちらりと目を落とした。

「こんなところで立ち話も何です。この後、少しお時間を頂けないでしょうか」

言い終えると同時に、角を曲がって現れた黒塗りの車が二人の目の前に止まった。

ドアが開く。

さあ、とクロサキと名乗る男は涼しい顔で丸山を車内に促した。

2

案内されたのは赤坂《あかさか》にある老舗《しにせ》の料亭だった。

出迎えた女将《おかみ》にクロサキが低い声で囁くと、そのまま奥の小部屋に案内された。勧められるまま上座に腰を下ろした後、丸山はいささか呆《あき》れる思いで首を巡らせた。背にしているのは磨き上げられた床柱《とこばしら》だ。床の間には滝を描いた見事な水墨画が掛かり、名前なぞ知らぬが、涼しげな花が活《い》けてあった。手入れのよく行き届いた前栽《せんざい》を風が渡る。軒端に吊《つ》るされた風鈴が軽やかな音で涼味を添えていた。

金に糸目をつけずに造られ、かつ、長年にわたって多くの者たちの手で日々丹念に磨き上げられてきた特別な空間だ。

襖《ふすま》が開き、先ほどの女将が入ってきた。女将は深々と一礼すると、自ら丸山とクロサキの前に膳《ぜん》を整え、再度一礼して、部屋を出ていった。その間、女将はずっと目を伏せ、一度も丸山の顔を見なかった。一言もしゃべらない。

目の前に置かれた膳に視線を落として、丸山は太い眉《まゆ》をあげた。

皿に美しく盛りつけられた料理が数品に、涼しげなガラスの銚子《ちょうし》が一本添えられている。銚子の表面に水滴が浮かんでいた。中身は良く冷えた日本酒らしい。物資不足が叫ばれる昨今、久しぶりに目にする御馳走《ごちそう》だ。

「内務省は、ずいぶんと金回りがいいようだな」

わざと皮肉な口調で言った。夏の暑さ冬の寒さなど委細かまわず年中外を歩き回って任務にあたっている丸山には、高級料亭などおよそ縁のない世界だ。

「いくら置いていけばいい？　先に聞かせてくれ」

「この店での飲食代は無料《ただ》です。よろしければ、いつでもお使い下さい」クロサキは銚子を取り上げ、丸山に差し出した。

「これが無料だと」丸山はぐるりと周囲を見回した。

「そんな馬鹿なことがあるものか」

世の中、ただほど高いものはない。

「いくらだ」

重ねて尋ね、目の前に差し出された銚子を無視して返事を待った。

クロサキは銚子をひき、自分の盃《さかずき》に酒を注ぎながら、

「サービスの対価は、何も金銭とは限りません」

と、淡々とした口調で事情を説明した。

昨年、この料亭の一人息子が特高に検挙された。友人たちとひそかに共産主義の書

物を回し読みしていた容疑だ。取り調べに対して彼らは素直に事実を認め、改悛《かいしゅん》の情を示し、転向声明文も提出したので、ほどなく全員が起訴留保処分で釈放された。

「この店とは、それ以来の付き合いです」

クロサキは盃の酒を口に含み、唇の端に薄笑いを浮かべて続けた。

「先ほど私はこの店の女将に〝少しのあいだ部屋を使わせてほしい〟と頼んだだけです。料理や酒は、いわば店側の厚意でしてね。あなたが支払いをすれば、店側が迷惑するだけですよ」

丸山は、馬鹿げた事情を平気で説明する役人の厚かましさに苦笑した。

最近、この手の話をよく耳にする。

起訴留保処分とは、起訴とも起訴猶予とも告げずに被疑者をいったん釈放し、「当局による観察期間中、当人が心から反省したと判断したら起訴しない」という司法手続きだ。検挙者が増え過ぎて留置所が足りなくなったために設けられた制度だが、「心から反省」の基準は明確でなく、観察期間更新の基準も曖昧《あいまい》で、要するに起訴するもしないも当局（特高）の胸三寸次第ということになる。

料亭としては、大事な一人息子を人質に取られているようなものだ。特高を管轄する内務省警保局のお役人が来て「部屋を使わせてほしい」と耳打ちされれば断れるはずがない。まさか水だけ出して帰って頂くわけにはいかないので、仕方なく〝店側の厚意〟が発生する仕組みだが——。

店の自発的厚意はそれだけではあるまい。

丸山は目を細めた。

おそらく特高は、この店に来た客の名前をすべて報告させている。予約の時点で報告が行き、要注意人物の名前が含まれていれば隣の部屋で盗み聞きしている——母親は大事な一人息子を護《まも》るためなら、長年培ってきた商売上の信用も、己の魂さえも売り渡してしまう。

「我々だけで、すべての国民に目を光らせることはできません」

内務省の役人は口元に薄笑いを浮かべて言った。

「我々の仕事には協力者《ボランティア》が不可欠です。この店の女将もまた、いわば自発的な協力者の一人というわけです」

何が自発的な協力者だ。

丸山は顔をしかめた。銚子を取り上げ、自分の盃に注いで一口で干した。本来は美《う》味《ま》い酒なのだろうが、いやな後味が舌先に残った。

「人払いを命じました」

クロサキが、盃を置いて低い声で言った。

だから女将は口もきかず、客の顔も見なかった。ここで話されたことは決して外には漏れないということだ。

「それで、俺に何を聞きたい？」

不機嫌な声で質問を発した丸山は、思いついて別のことを尋ねた。

「その前に一つ教えてくれ。さっきはなぜ俺が憲兵だとわかったんだ」

今日は灰色の背広に白シャツ、中折れ帽という〝地方人（民間人）〟と同じ恰好《かっこう》で外出した。軍人の世界では「商人服」と蔑《さげす》んで呼ばれる服装だ。丸山自身、軍服以外を着ることは珍しい。行き先は誰にも告げてこなかった。

古本屋の前でいきなり「憲兵大尉」とすっぱ抜かれた時は、なぜわかったのかと不思議に思った。だから、こんな場所にまでのこのこついてきた。

丸山の質問に、クロサキは「協力者の一人からこんな報告がありましてね」と、目を伏せたまま種明かしをした。

――額に軍帽の日焼けあとのある人物が鶴彬について聞いて回っている。私服だが、おそらく憲兵だと思う。

「憲兵というご職業は、ご自分で思っている以上に軍外の者にバレているものですよ」

クロサキの指摘に、丸山は苦《にが》く笑うしかなかった。

帝国軍人の中でも憲兵は特殊な存在だ。軍人の非行取り締まりを主たる任務として設立された憲兵隊は、民間の警察官が制服によって一般人と区別されるように、軍人相手に一目でそれとわからせる必要がある。

　このため憲兵は、通常一分《ぶ》のすきもない正規の服装で任務にあたる。

　一般には腕章と白手袋が憲兵の象徴と目されるが、その他、憲兵手帳、捕縄、呼笛の携帯、及び長靴、革脚絆《きゃはん》、拳銃《けんじゅう》、軍刀の佩用《はいよう》が義務づけられている。防寒防雨用には着用のまま捕縄その他の扱いに適した短寸のマントが支給されていて、服装の乱れは一切許されない。

　無帽の憲兵は考えられない。任務に熱心な憲兵ほど、よく日焼けした顔のなかで帽子のあとが額に白く焼け残る。ことに夏場はそうなる。

　言われてみれば、鶴彬についで近所で聞いて回る途中、あまりの暑さに何度か中折れ帽を脱ぎ、帽子であおいで胸元に風を入れた。その際に額の〝軍帽焼け〟のあとを見られたのだろう。あるいは、ふだん軍人相手に尋問している口調が我知らず民間人相手にも出たのかもしれない――。

「あなたのミスではありません」

　クロサキは軽く手を振って言った。

「私服で監視任務を行う軍人となれば、憲兵しかいませんからね、民間人にも推測は容易です。しかも、聞き込みのさい、あなたは鶴彬とは金沢《かなざわ》にいた頃からの知り合いだとご自分でおっしゃっておられる。金沢時代の知り合いで、憲兵。となれば、そこから丸山憲兵大尉、あなたのお名前を特定するのはさほど難しい話ではありません」

クロサキによれば、先ほど鶴彬に声をかけて一緒にあの場を離れた同年代の若者も特高の協力者の一人だという。

「以前に一度、目を離したすきに手違いが起きて、ひどい目にあったことがありましてね」とクロサキは何ごとか独りごちて苦笑した。

「監視対象の鶴彬を先にあなたにさらわれたのでは話が面倒になる。今回はまあ、その予防策というわけです。……もっとも、あの頃とは違って、法改正に合わせて体制が整ったことで、最近は動きやすくなりましたがね」

そう言って、口元にちらりと得意げな笑みを浮かべた。

何を言ってやがる。

丸山は忌ま忌ましい思いで舌打ちをした。要するに、改正された治安維持法に合わせて特高が肥大化し、機密費を潤沢に使えるようになったというだけの話だ。昨今、市中にあふれる協力者《スパイ》もその金と無関係ではあるまい。内務省や特高はいったいどれほどの協力者を市中に飼っているのか。報告といえば聞こえはよいが、要するに密告ではないか。この国の民はいつからこんなふうになったのか……。

「改めてお尋ねします」

クロサキは丸山の顔を斜《はす》に窺《うかが》うようにして口を開いた。

「あなたはなぜ鶴彬について調べて回っているのです。奴は特高の監視対象です。憲兵大尉自ら出張って頂くまでもないと思うのですがね」

「貴様たちにも知らないことがあるとわかって、安心したよ」丸山は皮肉な口調で言った。「今日来たのは確認のためだ。憲兵隊は貴様たちのように大勢のスパイを飼っているわけじゃない。確認したいことがあったので、自分の目で確認しにきた。それだけの話だ」

クロサキは眉間《みけん》にしわを寄せた。話が見えない。そんな顔付きだ。

「良い機会だ。はっきり言おう。あいつはうちでもらう。特高は手を引け」

しかし、とクロサキは戸惑ったように言った。

「やつは民間人です。軍外の者の取り締まりは、我々にお任せ頂いた方が良いかと思いますが？」

ばかめ、勘違いしていやがる。

丸山は顔を伏せたまま低く呟《つぶや》いた。顔を上げ、

「今日来たのは取り締まりのためじゃない。あいつを憲兵隊に入れる。そのための本人確認だ」

そう言うと、クロサキの顔に驚愕《きょうがく》の色が浮かんだ。これだけでも、わざわざ来た甲《か》

斐《い》があるというものだ。

クロサキは、訝《いぶか》しげな顔のまま口を開いた。

「しかし、奴は札付きのアカです。かつて第七聯隊《れんたい》赤化事件を引き起こした張本人だ。そのことは、丸山大尉、あなたも良くご存じのはずです。アカにかぶれた鶴彬を憲兵に？　正気の沙汰《さた》とは思えない。この非常時になぜそんなことを……」

「非常時だからだ」

丸山は目を細め、ニヤリと笑って言った。

「あいつは良い憲兵になる」

3

丸山がはじめて鶴彬に会ったのは六年前――。

昭和六年五月に金沢第七聯隊で開かれた軍法会議の場であった。

裁判は、陸軍歩兵二等兵鶴彬（軍隊内では本名の喜多一二）他一名が非合法組織「日本共産青年同盟」の機関誌『無産青年』を金沢第七聯隊内に持ち込み、閲覧に供したとして、治安維持法違反に問われたものだ。

赤化事件を扱う軍法会議は原則非公開。その裁判に〝立ち会い判士〟の一人として列席した丸山は、被告の一人である鶴彬に強い印象を受けた。

当時鶴彬は二十二歳。色白、やせ形。整った顔立ち。被告席で開廷を待っている間、口を開くまでは、ごく物静かな青年といった感じだった。が、被告人訊問《じんもん》がはじまるや否や態度が一変した。

彼は裁判長を務める砲兵中佐直々の訊問に対して少しもひるむことなく、己が思うことを敢然と胸を張って証言した。例えば彼は「日本共産党についてどう思っているのか」という質問に対して、

——自分は日本共産党が掲げる綱領に大体において共鳴している。

と臆《おく》することなく答え、裁判長から「大体においてとはどういうことか」とさらに訊《たず》ねられると、

——現在の共産党が掲げるスローガン中、君主制度の撤廃なる一項目は我が国の国情に照らして直ちには共鳴しがたい。我が国が将来共産主義となるとも、現英国の如き君主制を維持するのが望ましいと考える。

と指摘した。

「『無産青年』を軍隊内に持ち込んだのは、日本共産党を支持し、この勢力の拡大強化を企てたものではないか」という問いには、

——自分は共産党の政治勢力拡大には殆《ほとん》ど関心はもっていない。『無産青年』は、

自分で読んで面白いと思ったから人にも勧めただけだ。

と、すらすらと歯切れ良い東京弁で答えた。そのいったいどこが悪いのか、と言わんばかりの、悪びれぬ態度である。かと思えば、証言途中ふいに、「しゃべり疲れたので少し休ませてほしい」と言って勝手に一息いれるといった具合で、まったく自由自在。

同じ法廷に引き出されたもう一名の被告はひたすら恐縮し、青い顔で口ごもり、素直に罪を認め、反省の態度であったが、こちらが普通だ。鶴彬の言動はあまりに突飛、予想外であって、法廷内ではむしろ笑い声が聞こえたくらいであった。

失笑にせよ苦笑にせよ、笑いを伴う軍法会議など、丸山はそれまでも、またそれ以後も、立ち会ったことがない。

（いったいどんな奴なんだ？）

興味をひかれ、裁判の合間に聯隊内での鶴彬の噂を聞いてまわった。憲兵大尉の質問だ。軍人である以上、条件反射的に答えが返ってくる。質問を受けた者たちはみな、困ったような、笑いだしそうな複雑な顔で、あくまでここだけの話だが、と前置きして、非公式に鶴彬にまつわる逸話をいくつか教えてくれた。

例えば、前年三月に起きた「質問があります事件」について。

三月十日の陸軍記念日、聯隊長が全隊を前に軍人勅諭を捧読《ほうどく》中、突然、「聯隊長殿、質問があります！」と大声を上げて隊列から進み出た者があった。二か月前に入営したばかりの新兵、喜多一二（鶴彬）だ。上官たちは色を失った。入営間もない二等兵が聯隊長に直言するなど、前代未聞の破天荒な出来事だ。しかも軍人勅諭を捧読中である。不敬のきわみ、というわけで、鶴彬は即刻その場から連れ出され、十日間の重営倉入りとなった。

「なぐらない同盟事件」というものもあった。先の事件後しばらくして、聯隊長のもとに一通の上申書が届けられた。内容は、

「二年兵の内に理由もなく新兵に暴力を振るう者がある。軍として善処を求める」

というもので、差出者は「なぐらない同盟」。代表者として鶴彬の本名が堂々と記載されていた。この件では監督不行き届きを咎《とが》められて、直属の中隊長が交替している。

他にも幾つか他聞をはばかって公にならなかった事件があるらしく、鶴彬が所属する隊では中隊長が都合三度にわたって交替していた。

いずれも鶴彬が入営後、わずか半年余りの出来事である。

そこへ来て、この赤化事件だ。

話を聞きながら、丸山は俄《にわ》かに信じられない思いであった。

徴兵検査を受けて入営する一般社会の者たちの目に、普通、軍隊勤務はひどく恐ろ

しげに見えるものだ。ビンタ（平手打ち）、ゲンコツ（拳で殴打）は当たり前。襟章の星の数が違うだけで絶対服従を強いられ、殴られても文句一つ許されない。それが軍というものだ。〝地方人〟の間では徴兵を「地獄行き」と嘆く声もある。

陸軍士官学校卒業生である丸山自身、ビンタ、ゲンコツを疑問に思ったことは、ただの一度もなかった。ましてや軍人勅諭捧読中の聯隊長に質問を発する可能性など頭に浮かんだことさえない。

丸山にとって、鶴彬の言動はちょっとした驚異であった。

裁判の結果、鶴彬は懲役二年の判決を受けた。執行猶予なしの実刑判決だ。

判決文でも具体的な違法行為の事実は示されず、鶴彬の過去の幾つかの言動から「罪」が認定されたにすぎない。同罪に問われたもう一名への言い渡しが「懲役一年、但し執行猶予付き」であったことに比べれば格段に厳しい判決である。

軍法会議においては判決に懲罰人事的要素が加味されるのは珍しいことではない。鶴彬を嫌う聯隊上層部の意見が判決に影響を与えたのだろう。

判決に基づき、鶴彬は大阪の陸軍衛戍《えいじゅ》監獄へ送られることになった。

丸山が次に鶴彬に会ったのはそれから半年後、別件の視察で大阪城内にある衛戍監獄を訪れたときだ。

そう言えばあの男がここに送られていたはずだ、と思い出し、看守に最近の様子を尋ねた。

鶴彬は金沢第七聯隊では札付きの問題児だったが、周囲の者たちの評判は不思議と悪くなかった。同輩からは無論、非公式に話を聞かせてくれた隊付き将校などは「面白い奴だよ」とくすくすと笑いながらそう言ったあとで丸山が憲兵であることを思い出し、慌てて「無論、軍人としては言語道断だが」と、わざとらしい咳払《せきばら》いをして付け加えたくらいだ。

監獄でもあの調子でうまくやっているのだろう。そう思って気楽に尋ねたところ、案に反して、質問された看守の顔が急にこわばった。丸山の顔色を窺いながら、

「憲兵どのは、奴とお知り合いですか？」

と聞かれた。知り合いというわけではない、奴の裁判に立ち会っただけだ。そう言うと、看守は安心した様子で息をついた。丸山は不審に思い、語調を改めて「様子を確認したい」と申し出た。

看守は気乗りしない様子で監房に案内してくれた。

一瞥《いちべつ》、丸山は息を呑《の》んだ。

獄中の鶴彬は、蓑虫《みのむし》のように毛布にくるまってガタガタと体を震わせていた。官給

の薄い毛布の間からわずかに覗《のぞ》く顔はすっかり血の気が失せ、唇は文字通り紫色だ。目の焦点が合っていない。半ば意識を失っている様子だった。

「どういうことだ？　何があった？」

丸山は担当看守に低い声で訊ねた。看守はまずいところを見られたという顔で、

「風呂《ふろ》から上がったところなんで……。しばらくしたら、落ち着くと思います」

と視線を外して答えた。

丸山が目を細め、無言でいると、看守は亀のように首をすくめて事情を説明した。

ことの起こりは三か月前。監獄を視察に訪れた某陸軍中佐が、囚人たちを集めて訓話した時のことだ。陸軍中佐は「貴様たちはありがたくも天皇陛下の思《おぼ》し召しで反省の場を与えられたのだ。畏《おそ》れ多くも陛下の有り難さに感謝しなければならない」などと独りよがりな訓話を終えた後、囚人たちを見回して、何か要求はあるか、と尋ねた。

「待遇の改善点があれば何なりと申し出よ」と言ったのは、無論形式的な質問であって、反応があるとは予想もしていなかったはずだ。

手を挙げ、囚人の中から進み出た者があった。

鶴彬だ。唖然《あぜん》とする周囲の者たちを尻目《しりめ》に、彼は、

「自分は熱い風呂が苦手であります。風呂の湯を少しぬるくして頂きたい」

と要求した。

我に返った陸軍中佐は、ものも言わずにその場をあとにした。顔が真っ赤に紅潮し、髭《ひげ》が震えていた。侮辱されたと思ったらしい。あとで看守長を呼びつけ、

「奴は熱い風呂に入るのがいやだそうだ。水風呂に浸《つ》けてやれ」

憤然とそう言い残して監獄を立ち去った。それ以来、鶴彬は他の囚人とは別に一人で水風呂に入れられることになった――。

水風呂だと？

丸山は信じられない思いで、毛布にくるまる鶴彬に目をやった。

三か月前の夏のさなかならともかく、外はすでに木枯らし吹く晩秋十一月だ。この季節、冷たい水風呂を強要されるのはもはや拷問に等しい。ましてやこの先、厳冬ともなれば、日当たりの悪い監獄の浴槽は水風呂ではなく氷風呂となる。

「続ければ死ぬぞ。奴を殺す気か」丸山は低い声で看守に言った。

「そう言われても、私らは上から命じられたとおり、規則に定められたとおりにやっているだけですから。死ぬかどうかまでは、さあ……」

看守は肩をすくめ、目で丸山の襟についている星の数をかぞえた。軍隊では階級の上の者の指示を変更するには、より上位者の指示が必要となる。丸山の一存では陸軍中佐が残した指示を変更するのは不可能だ。水風呂は変えられない。

ならば、と丸山は看守に一つ提案した。

確かに、監獄内での囚人の入浴回数ならびに入浴時間は規則書で定められている。囚人が入浴する場合は看守が立ち会い、時計を使って時間を計らなければならない。だが、規則書に定められているのはあくまで「入浴の回数と時間」だ（規則はもともと囚人の長湯を禁じるためのものだった）。鶴彬が風呂場に入ったところから時間を計りはじめて、風呂場を出るところまでの時間にしてはどうか。規則で定められたとおりに風呂に入らなければならないにせよ、それならば冷水に体を浸すのはごく短い時間で済む。

看守は腕を組み、首を傾げてしばらく考えていたが、眉を開き、ポンと一つ手を打った。「なるほど、そらエエ考えや」と地元大阪弁で呟いた。看守としても何も鶴彬を殺したいわけではない、ただ上からの命令と規則に従っているだけなのだ。

その後、本隊に戻った丸山は、大阪衛戍監獄での鶴彬情報に気を付けるようにした。丸山の助言のおかげか否か、鶴彬は監獄生活を生き延び、二年後の春に原隊に復帰。その年の暮れに除隊となった。

4

除隊直前、丸山は金沢第七聯隊に戻った鶴彬の姿をもう一度見ている。

「元気な様子だったよ」

丸山は銚子に残った酒を盃に注ぎ、口元にニヤリと笑みを浮かべて言った。すれ違っても、軍法会議の立ち会い判士だった俺には気づきさえしなかったがな」

「二等兵のくせに、胸を反らし、辺りを睥睨《へいげい》するように傲然としていた。すれ違っても、軍法会議の立ち会い判士だった俺には気づきさえしなかったがな」

実を言えば、丸山はその後、鶴彬が除隊時に引き起こした騒動をもうひとつ耳にしていた。

きっかけは、所属部隊の班長が鶴彬に向かってうかつに発した一言だ。

「四年も軍隊にいながら、結局星一つ（二等兵）のままで家に帰るのはいくらなんでも恥ずかしいだろう。もう少しまじめにやっていたら何とかしてやれたのに」

権威をかさにきた上長の言葉に、鶴彬は目を細め「妙だな」と呟いた。指先であごをつまみながら、

「俺はてっきり、軍隊の階級は天皇が決めるのだと思っていた。俺は天皇のために働かなかった。だから、星一つで帰るのは当然だと思っていた。ところが班長ごときに何とかできるものなら、このままでは納得できん。これから人事係と一緒に聯隊長のところにいって談判する」

そう言って、班長の前からたちまち風のように姿を消した。

それから班長と人事係の下士官、その他関係者をまきこんだ騒ぎとなり、一件は何

とか公にされず内々に収められたものの、あとで何人かが〝飛ばされる〟はめになったという。

話を聞いた時、丸山は覚えず、はっ、と声に出して短く笑った。

四年間の軍隊経験も、苛《か》酷《こく》な監獄生活も、拷問に等しい水風呂も、鶴彬を何一つ変えるには至らなかったということだ。

除隊後は噂を聞く機会もなく、今日、約四年ぶりに鶴彬の姿を確認した——。

「安心したよ、奴は少しも変わっちゃいない。いい面構《つらがま》えだ」

丸山はにやりと笑い、飲み干した盃を向かいの席に座るクロサキに差し出した。

クロサキは己の銚子を取り上げ、丸山の盃に酒を注いだ。

「入営中、鶴彬は聯隊内の同輩から高等教育を受けたインテリと思われ、尊敬を受けていたそうだ」

丸山の言葉に、クロサキは訝しげに眉を寄せた。

「奴は、小学校を出ただけです」

「実際に学校に通ったかどうかなど、何の意味がある?」丸山は盃をあけ、あざ笑うように言った。「大学まで行って思想を勉強したインテリ連中が、貴様ら特高に捕まった途端、すぐにネを上げて転向声明を書いているじゃないか」

あんな奴らは信用できない。

大学で言葉や思想が身につくわけではない。鶴彬が身につけた言葉は本物だ。軍隊内で彼の周囲にいた無学な者たちにはそのことがわかった。だから彼らは鶴彬を尊敬した。

同輩に恐れられるのではなく一目置かれるのは、同じ軍人の非行を取り締まる憲兵には不可欠な要素だ。こればかりは学んで身につくものではない。ある意味、生まれ持っての才能ともいえる。

「思想犯を排除し、剪除《せんじょ》しつくす貴様たち特高と、軍内の規律を正す我々憲兵隊ではそもそも方針が違う。異物を排除するのではなく、皇民意識をたたき込む。軍というのはそういうところだ。軍民一体なくして戦争に勝利なし。憲兵ならむしろ、自分が正しいと思うものをあくまで正しいとして貫く気概がなければならない。鶴彬は良い憲兵になる」

丸山の言葉に、クロサキは唖然とした様子で首を振った。

「そのためにはアカでも良いと？　本気で言っているのですか？」

第一に、と丸山はひとさし指を立てて言った。

「調査によれば、鶴彬は過去に共産党に入党していた事実はない。かつて俺が立ち会った裁判の場でも、鶴彬は〝共産党のスローガンには概《おおむ》ね同意するが、彼らの勢力拡張には殆ど関心がない〟と証言している。字義どおりの意味でいえば奴は共産主義者ではなく、共産党を支援したわけでもない。奴が起こした騒動はすべて、周囲が当たり前だと思っている軍の不文律にもの申しただけだ。軍そのものに反対したわけではない」

しかしそれは、と口を挟もうとするクロサキを丸山は手を振って遮った。

「第二に、さっき貴様が言った通り、いまが非常時だからだ。非常時には、我々の側でも常ならざる態度が求められる」

＊

昭和十二年七月七日深夜。

北京《ペキン》南西郊の盧溝橋《ろこうきょう》付近で起きた不可解な小競り合いをきっかけに、日本と中国は本格的な戦闘状態に突入した。

先月の話だ。

事件発生当初、日本政府は「局地解決」「不拡大」を宣言したものの、その後方針を転換。現地ではなし崩し的に戦線が拡大され、宣戦布告が行われないまま実質上の戦争が始まっていた。

戦場となった中国大陸各地に続々と兵が送られ、いまこの瞬間にも大量の日本軍が大陸各地に展開しつつある。

「戦地とは、戦闘が行われる場所だけを指すのではない」

丸山は盃を手にしたままクロサキに言った。

「実際に弾が飛び交うのは、むしろ例外的な状況だ。戦地に送られた兵の居場所、水、食料を確保し、占領した土地の治安を維持しなければならない。占領地には非戦闘員である女子供も多く存在する。彼らをどう保護するのか。現地の政治家や役人どもの協力なくしては、安定統治は難しい。そのためにはまず、皇軍が規律ある存在だということを知らしめなければならない」

現実には、外地では軍紀が乱れがちだ。生まれてこのかた故郷の田舎を一歩も出たことがなく、悪いことなど一つもしたことがない穏やかな善人面の男が、兵隊として外地に赴いた途端、人が変わったように現地の人々に蛮行の限りを尽くすことがある。丸山は憲兵としてそんな例をこれまでにいくつも見てきた。中国大陸は広い。途方もなく広い。今後、戦線が拡大するにつれて膨大な数の兵隊が大陸に送られるだろう。彼らのなかに〝狂う者〟がきっと現れる。そして、戦地では狂気は伝染する。なぜあんなことをしでかしたのか、と当人たちがあとで震え上がるような行為が集団で行われることになる。そのせいで皇軍への信頼は失われる。占領コストが増大すれば、戦争の勝敗そのものに影響が及びかねない。

「だからこそ、外征の際、軍は常に憲兵隊を同行する。外地においてたががはずれがちな友軍の非行を咎め、処罰する、ただ一つの警察機関としてだ」

憲兵隊を指して〝軍は法典を携行する〟といわれる所以《ゆえん》だ。

身を呈して友軍の蛮行を止める。戦場の異常な興奮と死の恐怖、その後に来る非日常的解放感におかしくなった友軍兵士の前に立ち塞《ふさ》がる者が必要だ。自分が殺されることなどはなから頭にない、骨のある人間を憲兵隊は欲している。

たとえば、鶴彬のような人物を。

北京に憲兵隊訓練所を作ることが決まった。現地の人間を雇い、憲兵隊の出先機関として組織する方針だ。

丸山は、鶴彬にそこで働いてもらうつもりだった。

鶴彬は以前、中国人労働者にまじって自由労働（日雇い）に従事していたことがある。職を失い、食うためにやむなくそうしただけだが、その時の経験が彼に中国人労働者への共感を植え付ける結果となった。鶴彬なら、北京での友軍の非行取り締まり任務を誇りをもってまっとうするに違いない。

戦争が始まって以来、現役軍人だけでは数が足りなくなり、徴兵検査後二年間の訓練を受けて予備役となっていた者たちが次々に呼び戻されている。現在予備役扱いの鶴彬を金沢第七聯隊に呼び戻すべく、丸山は内々にすでに手を回していた。そこから、まずは補助憲兵として引き抜くつもりだ。

「奴は憲兵隊《うち》でもらう。特高は手を引け。このまま地方（軍外）に置いておけば、貴様たちに無意味に殺されるだけだからな」

クロサキは小首をかしげ、やはりそこがポイントでしたか、と呟いた。それから丸山に視線をむけ、ことさら殊勝めいた顔付きで尋ねた。

「しかし、あの男が素直に再召集に応じますかね」

「なんだと。どういう意味だ」

「最初の召集時とは状況が違います。当時は召集されても戦地に送られることはめったになかったので、国民の多くは割合平気で召集に応じていました。しかし、大陸での戦闘が本格化した今、アカや自由主義者の連中のなかには徴兵逃れを企てる者が増えています。〝戦地で人を殺したくない。〟〝中国人は敵ではなく同じ労働者だ。〟連中は色々と言い訳をしているようですが……」

クロサキは言葉を切り、一呼吸置いて、ふたたび口を開いた。

「私としたことが。こんなことはあなたがた憲兵隊の方がお詳しいはずでしたね」

皮肉な口調に、丸山は、ふん、と鼻を鳴らした。

戦争が始まって以来、多くの者が様々な手を使って徴兵逃れを試みている。下剤で体重を減らしたり、醬油《しょうゆ》を大量に飲んで一時的な心臓障害を装う者もある。彼らの偽装を見抜き、取り締まるのも憲兵隊の役目だ。だが——。

あの男が姑息《こそく》な徴兵逃れなどするものか。

丸山には確信があった。

兵隊として戦地に送られ、目の前に敵兵が現れた瞬間、彼は撃つことをやめるかもしれない。たとえ、そのために自分が撃ち殺されることになっても、それが正しいと思えばそうするだろう。彼の特徴は、目の前の現実に正面から立ち向かう精神だ。軍隊の中で異議を唱えることはあっても、徴兵逃れはあの男に似合わない。

丸山は膳に残った料理に箸《はし》を伸ばした。じろりと目をあげ、

「貴様はさっきからアカ、アカとうるさいが、現実を見ろ。国内左翼はとっくに壊滅している。二年前の袴田《はかまだ》の逮捕で共産党中央委員会は消滅、もはや恐れるほどの勢力は存在しない。ソ連コミンテルンのスパイというなら、むしろ我々憲兵隊の管轄だ。それなのに特高は相も変わらぬアカの虱潰《しらみつぶ》しにやっきになっている。この非常時に正気の沙汰とは思えない」手に持った箸で座敷をぐるりと指し示し、

「税金の無駄だ」

「ここは無料《ただ》だと、申し上げたはずですがね」クロサキはそう呟いて、手を叩《たた》いた。

襖が開き、女将が替えの銚子をもって現れた。

女将が顔を伏せたまま引きさがるのを待って、丸山は言葉を続けた。

「このさいだ、はっきりさせておこう。貴様たちは、鶴彬のいったい何を問題にしているんだ」

「どういう意味です」クロサキは首をかしげた。「奴がアカ、即ち共産主義的傾向を持った反日危険分子であるのは明らかです。先日も自発的協力者の一人から、鶴彬に関するこんな報告が届いたばかりです。同じ川柳作家ということですが……」

「性根《しょうね》の腐った連中の密告なんぞ、どうでもいい」

丸山は、報告書を鞄《かばん》から取り出そうとするクロサキを遮って言った。

「軍の中には鶴彬と同じ考えの者は多くいる。無論、軍に入れば反軍的な言動は慎んで貰《もら》わなければならないが、今の日本の状況を何とか変えたい、ごく一部の金持ち連中だけが政治家とつるんで得をし、一方で多くの貧乏人が苦しんでいる現状を何とかして変えたい——そう思っている軍人は少なくない」

「まさか」

「なにが、まさかだ。ちっ、それだから役人は世の中を知らないと言われるんだ。いいか、兵隊たちは貧乏人の中から徴兵されてくる。彼らの実家の多くは農家だ。軍需で景気が良いのは都市部だけだよ。農村は貧困にあえいでいる。冷害があった年には、俺が知っているだけでも、入営中に妹が身売りをしたという手紙を受け取る者が何人もいた。女工として働いていた姉が、血を吐いて郷里に戻ってきたという手紙を受け取った者もある。それを見て何とも思わないような奴は人じゃない、鬼だ」

丸山の激した言葉に、クロサキはしばらく呆気《あっけ》にとられた様子であった。盃を置き、

「これは、これは」と小さく首を振って呟いた。

「今は非常時ですからね。多少の犠牲はやむをえません」そう言うと、口を挟もうとする丸山を手で制して、「戦費の増大こそが、今日《こんにち》日本の貧困の主たる原因です。日本の現状を何とかしたいというお気持ちがあるのは承知しました。ですが、それなら、そもそもこんな戦争など始めなければ良かったのではないですかね」

嘲《あざけ》るような相手の口調に丸山は反論することができず、苦い顔で黙り込んだ。

陸軍が大陸で始めた戦闘は最初「北支《ほくし》事変」と言われ、その後「支那《しな》事変」と呼び名を変えた。いずれにしても宣戦布告が行われていないので戦争ではない、というのが軍と政府の説明だ。

だが、呼び名がどうあろうと、徴兵され、現に戦闘が行われている場所に送られる兵隊にとっては〝戦争〟以外の何ものでもない。

農村で働き手となるべき若者たちが次々に兵役にとられ、戦地へと送られている。彼らの中から今後少なからぬ数の戦死者が出るはずだ。あとに残るのは、年寄りと女子供ばかり。その上で、戦地には大量の食料や物資を送らなければならない。国家予算における軍備費の割合が急増し、財政情況を無視した多額の国債発行と、戦争税と

いうべき様々な税金が次々と国会で決議されている。戦闘が長引けば、小作料率はこの先さらに跳ねあがるはずだ。大陸での戦闘が本格化したことで、農村の疲弊がさらに進むのは避けられない。

軍需景気で儲《もう》かるのは一部の財閥と、彼らに関係がある政治家だけだ。国民生活は窮乏することはあっても、良くなることはない——。

戦争は、と丸山は胸の内の疑念をまるごと押し潰して呻《うめ》くように言った。

「雲の上の決定だ。自分ごときが容喙《ようかい》する事柄ではない」

「では、雲の上のことはいったん棚上げにして、目の前の問題に戻るとしましょう」

クロサキは盃を膳の上に置き、小首を傾げて妙なことを尋ねた。

「鶴彬とは、いったい何者なのです？」

5

丸山は一瞬、相手が何を言い出したのか理解できなかった。

クロサキと名乗るこの内務省の役人は、鶴彬が何者か知らないままアカとして検挙しようとしているのか。根拠は、協力者から密告があったから？

「馬鹿げている……」

「ああ、そうではありません。そういう意味ではないのです」

丸山が思わず呟いた言葉に、クロサキは軽く手をあげた。

「我々は彼がどこで生まれ、これまで何をしてきたのか、すべて調べ上げました。彼については、おそらく当人自身も知らないようなことまで情報をつかんでいます。だから、何者か、とお尋ねしたのはそういう意味ではなく……」眉を寄せ、言い直した。「彼の行動規範が、我々にはどうにも理解できない。彼は川柳作家・鶴彬を名乗っていますが、そもそも川柳とは何なのです？」

なるほど、と丸山は鼻先で笑った。「川柳は高等文官試験には出ないか」

「私には、芸術の善し悪しなどというものはわかりません。そんなものは必要ではないのです」クロサキは丸山をちらりと見て言った。「我々にとって必要なのは、芸術家、文化人を名乗る連中の扱い方だけです。学者、詩人、歌人、俳人、小説家、評論家、画家、音楽家。彼らの多くは、勲章でも与えておけば勝手にしっぽを振って喜んでついてきます。ここだけの話、ごく扱いやすい人たちですよ」そう嘯《うそぶ》いて、唇の端に嘲《あざけ》るような笑みを浮かべた。

三年ほど前、当時の内務省警保局長が官制の文芸懇話会を作り、国家として支援を約束する一方、国策に協力的でない作家は締め出すよう各業界に要請した。その他文化芸術についても、国策に抵触しないかぎりにおいて、新設の勲章で持ち上げる方針だ。

「ところが、川柳は選考対象の中にも入っていません。俳句というならまだしも、我々の方で基準があるのですが……」

「なぜ俺に訊《き》く」丸山は相手の説明を途中で遮って尋ねた。

「お詳しい、とお聞きしました」

「詳しい？　俺が？」

「川柳のことなら丸山憲兵大尉に聞け——ある人からそう言われました」

クロサキは指で上の方をさし示した。軍か官僚の上層部の誰か、ということだ。

丸山は眉を寄せた。そう言えば、任務の合間に同僚や部下たちと川柳や俳句についての議論をしたことがある。専門的なものではなく、暇つぶしの余興だ。それが妙な具合に話が伝わり、内務省の役人が話を聞きにくることになったというわけか。

とんだ誤解だ。

丸山は苦笑し、首を振った。あの時しゃべったのは単なる受け売りだ。丸山自身の言葉ではない。

脳裏に、色白の、まだ幼さを残す若者の顔が浮かんだ。耳の奥に声が甦る。

——俳句と川柳の違いはだね、兄さん。

真剣な顔で語る弟の顔を、久しぶりに思い出した。窓の外に顔を向けると、一陣の涼しげな風が前栽の緑を渡っていくところであった。

――やれやれ。お前のせいで、また妙なことに巻き込まれちまったじゃないか。

丸山は胸の内で呟き、懐かしげに目を細めた。

*

弟の真次《しんじ》にはじめて会ったのは、丸山が十六歳の時だった。

その日、珍しく父親と二人で外出した丸山は、何の説明もなく、下町の入り組んだ路地の奥にある小体《こてい》な一軒家に連れて行かれた。

一目で、父親の妾宅《しょうたく》だとわかった。

父親が「おかつ」と呼ぶ女主人は、もう若いとはいえない年だが、おっとりとした、色白の、穏やかな感じの女性だった。口元にいつも優しげな笑みを浮かべ、そのくせ、一抹の寂しげな雰囲気が漂っている。深川《ふかがわ》あたりの芸者を身請《みう》けしたのだろう。

玄関に出迎えに出た彼女の背後、廊下の柱から半分顔を覗かせた男の子がいた。

「しんちゃん、ちゃんと出て来てご挨拶《あいさつ》なさい」

母親に叱られて、色白の痩せた子供が渋々姿を現した。

「真次です。よろしくお願いします」

そう言って、ぺこりと頭を下げた。

息子を妾宅に連れてきた父親に対して、丸山は別段不快な思いはなかった。

十六歳。充分に物のわかる年だ。

御一新《ごいっしん》後、東京に進出した長州《ちょうしゅう》士族の家に婿養子として迎えられた〝江戸っ子〟の父が、権高《けんだか》な妻と口うるさい姑《しゅうとめ》に苦労している様は息子の目にも明らかだった。丸山には姉が二人いたが、二人とも祖母や母親と一緒になって父親をすっかり馬鹿にしている。

深川の〝かつさん〟の家で、父は見たことがないほどのんびりと、くつろいだ様子だった。

初回はどう振る舞ったものか戸惑ったものの、丸山もすぐにこの家に馴染《なじ》んだ。父親に連れられて何度か訪ねた後は、一人で訪ねて、かつさんのつくる手料理を御馳走になったこともある。

父とかつさんが、いつ頃からの付き合いだったのかはわからない。聞けば、真次は十歳になるという。真次が父とかつさんの子なのか、あるいはかつさんの連れ子だったのか。そういったことを父に尋ねたことはなかった。母親似の色白の肌に、すっきりと整った目鼻立ちの真次は、内面の優しさを裏切る無骨な容貌《ようぼう》の父に似たところがない。丸山はひそかに、かつさんとインテリ学生との恋の結果だったのではないか、と疑っていた。深川の家には不似合いな文学書や外国語の本がたくさんあった。インテリ学生と深川芸者のかつさんの間に子供ができて、無責任な男が逃げた。困っているかつさんに、父が手を差し伸べた――なんとなく、そんな気がした。

真次は最初こそ警戒した様子だったが、すぐに丸山に慣れ、兄さん、兄さんと言って付いて回るようになった。男兄弟のいない丸山にとっても真次は唯一の〝弟〟だ。二人はすっかり意気投合し、仲良くなった。六歳違いという年の差が、案外ちょうど良かったのかもしれない。

当時、丸山は陸軍士官学校に通いはじめたばかりだった。丸山は休みの外出日に真次と会うのが楽しみだった。最初は父に付いてかつさんの家を訪ね、そのうち真次と二人で町で待ち合わせて会うようになった。休みの日に、万事窮屈な実家で母や祖母、姉たちの愚痴を縷々《るる》聞かされるよりは、真次と会って話をしている方がよほど楽しかった。

丸山の目から見ても、真次は聡明《そうめい》な少年だった。あるときは、流行の新体詩をいくつも暗唱してみせて丸山を驚かせた。丸山の家では、そもそも詩歌を読んでいる者などいなかった。二人の姉や母や祖母が口にするのは論語《ろんご》止まりで、それもガチガチの儒教解釈だ。丸山は、新体詩の美を語る真次を大いに褒めた。他のも是非教えてくれ。そんなふうに言った。

丸山に褒められたことがよほど嬉《うれ》しかったのだろう、真次はその後丸山に会うたびに新しい詩歌――流行の新体詩やフランスの翻訳詩を暗記してきた。そのうち真次の興味は短歌に移った。中でも石川啄木《いしかわたくぼく》をずいぶん熱心に読み込み、彼の短歌をいくつも教えてくれた。彼は天才ですよ、兄さん。きらきらと目を輝かせてそんなふうに語る〝弟〟を、丸山は誇らしく思った。士官学校に通う連中のなかにも、真次ほど文学に詳しい奴はいない。そう言って褒めた。

真次には、丸山には想像もつかないような苦労があったのは間違いない。

ある日、待ち合わせのカフェーに現れた真次の顔にいくつもアザがあった。左の瞼《まぶた》が紫に変色し、拳《こぶし》には包帯を巻いていた。理由を尋ねた丸山に、真次はニヤリと笑い、昨日三人の年長の少年を相手に立ち回りをしたのだと誇らしげに語った。「妾《めかけ》の子、なんて言う連中をのさばらせておくわけにはいきませんからね」と言ったきり、すぐにいつもの文学論を始めた。丸山は唖然として、大丈夫なのか、と尋ねたが、真次は逆にきょとんとした様子だった。

その頃から、真次の歩き方が変わった。ポケットに手をつっこみ、肩をそびやかして、あたかも強い向かい風に立ち向かっているような感じだ。そのせいか、真次は近所の年長の少年たちと揉《も》めることが多かった。丸山も一度、偶然、真次が町で喧嘩《けんか》する様子を目撃したことがある。たしか真次が十三、四歳の頃だ。大勢の少年に取り囲まれた真次は、わき目もふらず、一番強そうな相手にまっすぐに飛びかかっていって、瞬く間に相手をたたき伏せた。見ていた丸山が、唖然とするほどの手際よさだ。相手が誰であろうとおかまいなし。恐れ知らずの真次は、近所のガラの悪い少年たちからも、いつしか一目置かれるようになっていた。

丸山は心配になり、父親に何度か真次の進路について相談した。が、父親はうんうんと頷くだけで、頼りにならなかった。

真次が川柳に熱中しはじめたのは、その頃からだ。

「川柳は十七文字で作る、世界で一番短く、かつ力強い芸術詩です」

真次は、久しぶりに会った丸山相手に目を輝かせて語った。

「例えばこんな感じです」

そう言って教えてくれたのが、

三角の尖《とん》がりが持つ力なり

という句だ。丸山は、正直戸惑った。

確かに力強い言葉だが、これが芸術と言えるのか？　第一、五七五の十七文字なら俳句ではないか、と尋ねた丸山に、兄さんは相変わらず何もわかってないなあ、と呆れたように言った。文学の話では、いつも弟の真次が先生だ。

　そもそも俳句と川柳はまるで別物だという。

「俳句は自然を詠《うた》い、川柳は社会を詠《よ》むものです」

と説明されても、よくわからない。丸山が川柳と言われて思いつくのは「人は武士なぜ傾城《けいせい》に忌《いや》がられ」や「本ぶりになって出てゆく雨やどり」といった、毒にも薬にもならない言葉遊びのようなものだ。首を傾げていると、真次はじれたように、

「たとえて言うなら、俳句は写真で、川柳はポンチ絵です」と言った。

　ポンチ絵とはイギリスの雑誌「パンチ」に掲載されていた風刺画、漫画のことだ。最近は日本の新聞雑誌でも、よく目にするようになった。

　では、真次はポンチ絵を描きたいのかと、丸山は呆れて尋ねた。かつて真次が熱中していた新体詩や短歌、あるいは俳句（写真）ならともかく、なぜ川柳（ポンチ絵）に夢中になるのか、丸山にはわけがわからなかった。そもそもポンチ絵や川柳が芸術なのか？

「川柳は――ポンチ絵もそうですが――目の前の現実に飛び込み、本質を素早く把握し、作者が主体的に問題を描き出すのに最も適した形式です。川柳は、社会の矛盾や真実を、風刺という形ではっきり示すことができる。川柳の言葉は短く、鋭い。また、わかりやすく、面白い。重要なのは、誰でも作ることができるということです。川柳

は師匠につく必要がない。免許皆伝など、それこそ笑い話です。この国の芸術は古くから民衆と切り離されてきました。言葉が、権力者とその取り巻きどもに独占されてきたのです。川柳やポンチ絵は、その伝統を打ち破る〝尖《とが》り〟となる。社会を穿《うが》つ的確な風刺は、現実を見る目をがらりと変えます。その意味では、ええ、川柳やポンチ絵こそ、権力者から言葉を取り戻すための画期的な民衆芸術だと、僕は考えています」

真剣な顔で語る真次の様子に、丸山は妙なきな臭さを感じた。真次の語り口には、これまで彼が語ってきた芸術論とは違う何かがあった。いまにも全身全霊をかけて、命懸けでその中に飛び込んでいくのではないかという危うさだ。

ほどなく、丸山は士官学校を卒業し、軍務に就いた。その後しばらく、真次やかつさんに会うことはなかった。時折、元気にしているのだろうか、と思うことはあったが、新しい環境に自分自身を順応させることで精一杯だった。まさか実家に問い合わせるわけにもいかず、真次から手紙でも書いてくれれば良さそうなものなのだが、かつさんから禁じられていたのか、音信不通の生活が続いた。

父が任務先の上海《シャンハイ》で不慮の事故に巻き込まれて亡くなったのは、士官学校を卒業して二年目のことだ。丸山は軍に休暇届を出し、上海で父の遺骸《いがい》を受け取り、日本にもどって慌ただしく葬儀を終えた。その後で、思いついてかつさんと真次を訪ねた。

家はもぬけの殻だった。人が住んでいる気配もない。

不審に思い、近隣の家の人から話を聞いて、事情はすぐに判明した。父が亡くなった直後、母と祖母がかつさんの家に乗り込み、かたをつけたらしい。目障りだ。東京から出ていけ。葬式に顔を出すのはまかりならん。そんな金切り声が通りにまで響いていたらしい。丸山は思わず唸《うな》った。母たちのやりそうなことだった。どうりで、かつさんも真次も葬儀に姿を見せなかったわけだ。

あの真次がよく黙っていたな。

と思ったが、おそらくかつさんが予《あらかじ》め事態を予測し、強く言い聞かせていたのだろう。

二人とはそれきりだった。

丸山はその後、思うところあって憲兵練習所に志願した。

数年後。

銀座《ぎんざ》の人込みの中に見覚えのある歩き方の若者を見かけた丸山は、もしやと思って追いかけて背後から声をかけた。

警戒した様子でふり返った若者は、果たして真次だった。

真次の方でもすぐに丸山に気づいて、驚いた顔になった。

「兄さん……」

啞然とする真次の肩を抱くようにして、丸山は近くの小料理屋に入った。

酒を酌み交わし、肴《さかな》を少しつまんだあとで、真次は丸山の質問に答えて、ぽつりぽつりとその後の身の上話を語った。

丸山の母と祖母から端金《はしたがね》を渡され、東京を追い払われた二人は、かつさんの遠い親《しん》戚《せき》を頼って名古屋《なごや》に移り住んだ。そこで、かつさんは芸者に戻り、水の合わない土地で苦労したらしい。最後は胸を病んで亡くなったという。

「母はああいう人なんで、愚痴一つ言いませんでしたが、親戚連中ときたら……」

真次はそう言って唇を嚙《か》み、小さく首を振った。

話を聞いて、丸山は胸が痛んだ。父が亡くなった後、何としても自分が二人に手を差し伸べるべきだったと悔やまれた。

「それで、今はどうしているんだ？」

丸山の問いに、真次は首を振った。視線を逸《そ》らし、

「迷惑をかけたくない。……兄さんは知らない方が良いと思う」

そう言って言葉を濁した。どうやら非合法の労働運動にでも関わっているらしい。

憲兵と非合法活動家の間では、会話はどうしても途切れがちになる。丸山はふと思い出して尋ねた。

「川柳はどうした？」

真次の顔がぱっと明るくなった。そこから急に口数が多くなり、話が弾んだ。最近発表された興味深い川柳を幾つか披露《ひろう》した真次は、新進の川柳作家の名を挙げ、彼らの作品について熱心に語った。中には丸山が感心するほどよく出来たものもあった。

丸山は折りを見て、何でもいい、困ったことがあれば連絡してくれ。そう言って自分の住所を記した名刺を真次に押し付けた。真次はしばらく名刺を持て余している様子だったが、結局、ポケットから臙脂《えんじ》色の革の手帳を取り出して、大事そうに挟みこんだ。

「今日は兄さんに会えて嬉しかったよ。それじゃ」

店を出るなり真次は短くそう言って踵《きびす》を返した。肩をそびやかし、風を切って歩く後ろ姿は以前のままだ。

丸山は、足早に歩み去る真次の背中が見えなくなるまで見送っていた。

それから時折、丸山宛に葉書が届くようになった。差出人の名前も住所も書かれていない。葉書にはいつも見覚えのある右肩上がりの真次の字で川柳が一句か二句、書いてあるだけだ。真次が最初に葉書に書いてきたのは、

あわれむべし詩人の多くたいこもち
突き進むにぎりこぶしに当る風

という句だ。丸山は一読、ほう、と声を上げた。勢いのある、豪快な力強い言葉だ。これが真次の言う川柳というものなのか？

最初は真次が自分で作った句かとも思ったが、真次の言葉にしてはどこか違和感があった。何というか、もっと老成した、骨太の感じだ。

川柳雑誌をいくつかとり寄せて調べたところ、東京で川柳雑誌を主宰する井上剣花《いのうえけんか》坊《ぼう》なる人物の作品だということが判明した。

真次が書いて寄こす川柳には、どれも作者の名前は書いていなかった。が、丁寧に読んでいくと、面白いもので、たった十七文字の中にも作者の顔が見えてくる感じだ。

何《ど》う坐り直して見てもわが姿
浅黄《あさぎ》空街は労働五月祭
メーデー歌激情空へありったけ

という句を三つまとめて書いてきたことがあって、なんとなく女性っぽいなと思って調べたところ、案の定、井上劍花坊の細君、信子《のぶこ》の作であった。

丸山は興味を覚え、真次が書いてくる川柳の作者当てゲームに挑戦した。井上劍花坊、信子、森田《もりた》一二《かつじ》、木村半文銭《きむらはんもんせん》……。

中には、これは真次の句だ、と思うものが幾つかあった。

フジヤマとサクラの国の失業者
五十世紀、殺人会社、殺人デー
これしきの金に主義！　一つ売り　二つ売り
こんなでっかいダイヤ掘って貧しいアフリカの仲間達

といった句だ。作品を読んで、丸山はかつてカフェーで文学や社会について目をきらきらと輝かせて熱弁を振るっていた、利発で勝ち気な、それでいてまだ幼さの残る真次の顔を思い出した。あるいはまた、

玉《たま》の井《い》に模範女工のなれの果て
ふるさとの飢饉年期がまたかさみ

といった句に、玉の井の酌婦らの悲惨な現実を前に唇を嚙《か》み締める真次の悔しそうな顔が浮かんで見える気がした。

ところが、調べてみると、丸山が真次のものだと思った川柳は、いずれも「鶴彬」の句であった。

丸山はなんだかキツネにでもつままれた気がした。最初は鶴彬というのは、真次が川柳を作るときに用いた変名――柳名《りゅうめい》――ではないかと疑ったくらいだ。

鶴彬の本名は「喜多一二」だという。

喜多一二？

丸山は見覚えがある気がして首を傾げ、そのうち思い出した。

五年前、金沢第七聯隊で赤化事件を起こした新兵が、たしかそんな名前だったはずだ。彼は軍法会議にかけられ、大阪衛戍監獄に送られた。原隊に復帰した後も、満期除隊時にさらにもう一騒動起こしている。

そこまで考えて、はたと思い当たることがあった。

そう言えば、喜多一二は真次に驚くほどよく似ている。同じことをしでかしたのが真次であってもおかしくはない。逆に言えば、丸山はだから彼のことが気になったともいえる。大阪衛戍監獄で陸軍中佐を怒らせ、水風呂懲罰で危うく死にそうになっていたところを救ったのも、たぶん心のどこかで彼が真次に似ていると思ったからだ。

作品は作者を映《うつ》す鏡だという。二人が作った川柳が似ているのは、ある意味当然なのかもしれない。

丸山は真次から届いた葉書を机の引き出しの奥にしまいながら、機会があれば真次に似たあの青年、鶴彬にもう一度会ってみたいと思った。

その後、北京に新たに憲兵隊訓練所を設けることが決まった時、丸山の頭に真っ先に浮かんだのが二人の顔であった。

真次や鶴彬なら、現地の者たちに対して必要以上に威丈高になることなく、己の任務を誇りをもってまっとうするに違いない。非合法活動のために地下に潜った真次を探し出して憲兵隊に入れるのはさすがにハードルが高い。だが、鶴彬を軍に呼び戻すことは可能だ――。

鶴彬は最近東京に出て、かつての恩人・井上剣花坊亡き後、細君が引き継いだ『川柳人』なる雑誌を手伝っているらしい。

『川柳人』発行元届け出は「東京中野区大和町柳樽寺川柳会」。

問題は、彼が今も変わらずにいるかどうかだ。

憲兵が調べていると知れば、鶴彬は警戒して行方をくらます可能性がある。丸山はあえて〝地方人〟の恰好で周囲の者たちに聞き込みを行った。当人が出入りしているという確証を得、今日ようやく本人目視ができた。

大きな黒縁眼鏡や丸めた背中のせいで最初はわからなかったが、振り返った横顔を見て、丸山は一目で確信した。

――何ひとつ変わってはいない。鶴彬などと澄ました名前を使っているが、彼の本質は小型の猛禽類だ。それも、軍の戦闘機に命名される隼《ハヤブサ》や鷲《ワシ》、鷹《タカ》などではなく、例えばノスリ。大向《おおむこう》からは顧《かえりみ》られることのない、野の鳥だ。

声をかけるか否か、ためらっているところへクロサキという内務省の役人が現れ、今日の任務は中断せざるをえなくなった……。

「妙な話じゃないか」

丸山は口元に皮肉な笑みを浮かべ、クロサキを鼻筋ごしに見下ろすようにして言った。

「特高は、鶴彬の川柳に共産主義的傾向があるとして尾行監視を続けている。ところが、特高の元締めである内務省のお役人が、そもそも川柳とは何かすらわかっちゃいないとはな。とどのつまりが堂々巡り、とんだお役人仕事だ」

「自発的協力者からの告発があった以上、我々としては対処せざるを得ません。それが我々の仕事です」

「一度目をつけた獲物は逃さない。既得権益は死んでも守る。役人の鑑《かがみ》だな」

「船頭多くしての諺《ことわざ》もあります。国内の思想犯の処分については我々にお任せ下さい」

　クロサキは低い声で続けた。

「この非常時、憲兵隊は軍人の非行取り締まりに専念されては如何《いかが》でしょうか。最近現場からは、憲兵との摩擦が思想犯取り締まり任務に支障を来しているという苦情が上がっています。今日私があなたと面談の機会を設けたのも、ひとつはこのことをお伝えしたかったからでもあります」

　丸山は、ふん、と小馬鹿にしたように鼻をならした。

「それで?」

「それで、とは」

「貴様がいま〝ひとつは〟と言ったんだ。他にも目的があるんじゃないのか」

　ああ、その件でしたら、とクロサキは己の盃を取り上げ、目を伏せて言った。

「もう済みました。お忘れ下さい」

　クロサキはそう言うと、素知らぬ顔で己の膳に残った料理に箸を伸ばしている。

　丸山は肩をすくめ、先ほどのクロサキを真似て軽く手を叩いた。

　襖が開き、女将が顔を出した。

　丸山はゆらりと立ち上がると、財布を取り出して、女将の前に投げた。どさり、と重い音がしたが、小銭ばかりだ。さほど入っているわけではない。

女将は困惑した様子で顔を上げ、クロサキを窺った。

「飲食代じゃない。心付《チップ》けだ」

丸山の言葉に、クロサキは無言のまま女将に頷いてみせた。憲兵さんは困ったものだ。そんな顔つきだ。

クロサキと女将を座敷に残し、廊下に出たところで背後から呼び止められた。

「丸山憲兵大尉」

振り返ると、クロサキは盃に視線を落としたまま言葉を続けた。

「弟さん、たしか真次さん、とおっしゃいましたか。彼はまだ川柳を続けているのですかね？」

丸山は、ちっ、と舌打ちをした。こっちのことは何もかも調べ上げている。切り札を最後に持ち出してくるのは特高お得意の示威行為だ。だが、真次と川柳？　話の方向性が見えなかった――。

いまにわかりますよ、とクロサキはあざけるような口調で言った。

「あなたたちも早晩、我々と同じ道を辿《たど》ることになる。我々は所詮《しょせん》一本の道の上にいて、どこまで進んだかの違いがあるだけです」

謎めいた言葉を口にして、盃から視線を上げた。朱色の唇の端に薄い笑みが浮かんでいる。

丸山は一瞬きつく目を細め、鋭く身を翻してクロサキに背をむけた。

薄暗い廊下を歩み去る間も、粘り着くような視線が背中にずっとまとわりついていた。

6

翌日から、丸山は文字通り任務に忙殺された。

時まさに「二・二六事件」の軍法会議が進行中であった。憲兵調書作成担当を命じられた丸山は、陸軍軍法会議検察部や陸軍省法務官との連日綿密な打ち合わせに加え、政治家連中の国会答弁書にも目を通さねばならず、北京憲兵隊訓練所の件はいったん保留にせざるをえなかった。

その間にも、憲兵隊本部には、上海や満州《まんしゅう》から報告書が続々と届けられた。

多くは大陸における皇軍兵士の蛮行を記したものだ。

七月七日の事変勃発《ぼっぱつ》を境に、兵士たちのたがが急に外れた感じがあった。田舎や家庭では良き若者、良き父であった者たちが、徴兵され、皇軍兵士として大陸に送られるや否や、人が変わったように鬼畜にも劣る振る舞いに及ぶのは奇怪としか言いようがない。収賄、略奪、強姦《ごうかん》、放火、殺人。報告書にはありとあらゆる犯罪が記載されていた。目に余る者は従軍憲兵隊によって逮捕され、現地で軍法会議にかけられた。そ営倉入りで済ませられればまだしも、銃殺に処さざるを得ない者が出てきている。その場合も内地の家族には「名誉の戦死」と伝えられた。

　丸山は裁判の関連業務に忙殺されながら、大陸から届けられる報告書を横目で見て、やはり一刻も早く北京憲兵隊訓練所を立ち上げなければ、と気が急《せ》く思いであった。外地での友軍の規律を維持し、占領地の治安を維持する。そのためには戦場の雰囲気に左右されない優秀な憲兵隊の組織が不可欠だ。

　そうした思いが浮かぶたびに、色白の整った若者の顔が脳裏をかすめた。戦場で恥ずべき脱法行為を行っている兵士の多くは、鶴彬が味方だと信じている日本の貧しい農民や労働者たちだ。彼らが戦場でどんな獣じみた振る舞いをするのか、その現実を目の当たりにして、彼がどうするのか見てみたかった。陸軍記念日の閲兵式で「聯隊長殿、質問があります！」と声を上げて重営倉入りを命じられ、赤化事件を起こして送られた大阪衛戍監獄では水風呂に浸けられて死にそうになりながら、原隊に復帰するやたちまち上官に食ってかかり、ついには星ひとつ、二等兵のまま除隊することになったあの男が、いったいどんな言葉で戦場の現実を川柳に切り取ってみせるのか興味があった。否、そもそも戦場の現実を川柳に切り出すことなど可能なのか——。

　やれやれ、兄さんは相変わらず何もわかっちゃいないや。

真次の声が耳元に聞こえることがあった。が、それ以上は、いくら耳を澄ましても答えを教えてくれはしなかった。

九月二十五日の公判で、二・二六事件の首謀者の一人と目された真崎《まさき》陸軍大将に〝無罪〟が言い渡された。粛軍を目的とした政治的判決である。納得できない思いもあったが、上の判断だ。丸山ごときが文句をいう筋合いではない。

いずれにせよ二・二六事件絡みの案件はこれで一段落だ。

煩瑣《はんさ》な事務仕事からようやく解放された丸山は、その足で金沢に向かった。

鶴彬が再召集され、九月十四日に金沢第七聯隊に再入営しているはずだった。再召集で、二等兵のまま訓練を受ける者は珍しい。さぞかしまた悪目立ちして、上官たちを手こずらせているに違いない。事態を想像し、内心にやにやしながら金沢に到着した丸山は、ちょうど行われていた新兵検閲に臨んだ。

召集されて間もない新兵のほとんどは、まだ幼さの残る、ニキビだらけの、子供といっても良いような者ばかりだ。支給された軍服が似合わず、〝軍服に着られている〟者が少なくない。大陸での戦闘が本格化して以降、彼らは短い訓練期間の後《のち》、銃弾飛び交う戦場へと送られることになっていた。

丸山は暫《しば》らく検閲側に立って新兵点呼を眺めていたが、やがて訝しげに眉を寄せた。

新兵の中に鶴彬の顔が見えなかった。

何があった？　また何かやらかしたのか？

妙な胸騒ぎを覚えた。

その場を抜け出し、聯隊内の事務局に顔を出した。

「九月十四日に入営した新兵の鶴彬……いや、喜多一二はどうした？」

丸山の問いに、人事担当者は帳簿をめくり、目指す名前に指を当てて「〝即日帰郷〟になっています」と何でもないように答えた。

即日帰郷だと？

丸山は唖然とした。

「理由は？」

さあ、と人事係は困惑したように首をひねった。「上からの指示というだけで、詳しいことは、こちらでは何とも」

丸山は奥歯を噛み締めた。

クロサキとかいう、あの内務省の役人の仕業だ。

（野郎、どんな手を使った……）

身柄を軍内に囲い込めていない以上、ここにいても埒《らち》があかない。

丸山はそのまま、とんぼ返りで東京に戻った。

憲兵隊本部で上と掛け合う。

内務省の役人ごときが憲兵隊人事に口出しするとはおこがましい。鶴彬をもう一度軍に取り戻すつもりだった。

丸山の訴えに対して、だが、上の反応は芳しくなかった。

「内務省から、こんな書類が回ってきている。近々出る予定の川柳雑誌のゲラ刷りだそうだ」

上官はそう言うと、書類箱に入っていた封筒を机の上に滑らせてよこした。

丸山は封筒から書類を取り出し、印がついた箇所に目を走らせて息を呑んだ。

　手と足をもいだ丸太にしてかえし
　万歳とあげて行った手を大陸へおいて来た
　高粱《コーリヤン》の実りへ戦車と靴の鋲《びょう》

目から鱗《うろこ》が落ちるの言葉そのまま、大陸で行われている戦争の見方が一変するほどの衝撃だった。わずか五七五の文字で、日本や中国の民衆にとって戦争が何を意味するかを描き出す。日本の政府や軍が宣伝している勇ましい戦争の姿をひっくり返してみせる。

（これが川柳？　こんなことが川柳にできるのか？）

啞然とする丸山の耳元に、一瞬、真次の誇らしげな声が風のように聞こえた気がした。

――言ったでしょ、彼は天才ですよ。

「この川柳を作った鶴彬が、貴様が憲兵補助員として引き抜きを希望していた人物なのか？」

上官の質問に、丸山ははっと我に返った。顔をあげ、顎をひくように頷いてみせる。

たしかに、ここに書かれた鶴彬の川柳は反軍的だ。今この瞬間も大陸で戦っている軍の方針に反するものである。〝軍民一体の戦争遂行体制を損なう反社会的、非国民的作品〟と評されても仕方がない。

「私が、責任をもって奴の性根を叩き直します」

丸山は背筋を伸ばして上官に申し出た。

異物を排除するのではなく、皇民意識をたたき込む。

それが軍だ。

異物を排除し、剪除しつくしていたのでは徴兵制は維持できない。

以前丸山は酒の席で目の前の上官相手にそんなことを熱っぽく語ったことがある。

上官も大いに同意したはずだ。だが――。

「時局柄、そんな手間はかけられない」上官は苦い顔で首を振った。

状況が変わった、ということだ。

なおも反論を試みようとする丸山に、上官は手を挙げ、もう一つ理由がある、と言った。

「内務省から、これまで検閲の対象外としてきた川柳とポンチ絵を今後は監視並びに取り締まりの対象に加えたいと申し入れがあった」

「川柳と、ポンチ絵、ですか？」

「〝川柳は、短く、鋭いので、民衆が飛びつきやすい。反戦、反軍を目論《もくろ》む連中の武器として用いられる可能性が高い。物事の一面を一筆書きで描き出し、滑稽《こっけい》さやグロテスクさを強調するポンチ絵は、誰にでも一目でわかるがゆえに、政府や軍の方針に疑念を抱かせることになりかねない〟──そういう話だ」

丸山は思わず、あっ、と声を上げた。

川柳やポンチ絵について簡にして要を得た説明だ。

先日、赤坂の料亭でクロサキと名乗る男は自分で「私には芸術の善し悪しはわからない」「そんなものは必要ない」と言っていた。「必要なのは、それをどう使うかだ」と。その一方で、川柳とは何かと丸山に尋ねた。そんなことはしかし、専門家に訊けばすぐにわかることだ。クロサキはあの時、「他にも目的があるんじゃないのか」という丸山の問いに対して、「その件でしたら、もう済みました。お忘れ下さい」と妙な返事をした。彼が欲していたのは知識ではない。川柳の優れた点をわざと丸山に説明させ、鶴彬という人物を丸山の口から語らせることで、川柳というメディアがどんな危険性を持っているのか、その度合いを計っていたのだ。それが、あの席のもうひとつの目的だった。

丸山は目を細め、相手の立場で改めて自分が何を語ったのかを検討した。

クロサキと名乗る内務省の役人は、おそらくこう確信したはずだ。

鶴彬の川柳は、憲兵隊に身を置く丸山にさえ影響を及ぼしている。

なんてことだ。

丸山は思わず呻いた。

どの媒体《メディア》を取り締まりの対象とするかは、内務省の決定による。その内務省の役人に、川柳やポンチ絵が持つ力——危険性——を教え、監視と取り締まりの対象に加える決定をさせたのは、丸山だったということだ。

「あとは特高に任せろ」

上官は、茫然《ぼうぜん》としている丸山に言った。

「連中は〝今後は目ぼしい川柳作家やポンチ絵画家に監視をつける——ゆくゆくは自発的協力者に仕立て上げる〟と言ってきている。〝但し勲章を出すには及ばない〟ということだ。まあ、好きにさせるさ。たまには特高の顔《むこう》も立ててやらなくてはな」

上官はそう言うと机の書類に目を落とし、それから、とついでのように付け足した。

「北京の憲兵隊訓練所の件は別の者に任せることになった。貴様はこっちを頼む」

丸山の方を見ないで書類を差し出した。

書類の指示は、ある帝大教授の論文を掲載した雑誌を発禁にし、当該論文を執筆した教授の罷免を学長に申し入れる内容だ。

「アカ容疑、ですか」

書類に添付された論文概要にざっと目を走らせながら、丸山は納得できない思いで聞き返した。これこそ内務省と特高に任せておけば良い案件だ。それに。

「以前の憲兵隊内の勉強会では、この程度なら問題ない、という結論だったはずです。それより、先日提出した報告書は読んで頂けましたか」

陸軍上層部と民間右翼団体の癒着の件だ。前々から内偵を進めていたが、ようやく癒着の証拠が見つかったので、報告書にまとめて提出した。

「あの件は終わりだ。これ以上は首を突っ込むな」

上官は素っ気なく言った。目を上げ、「上の判断だ」と短く付け足した。

真崎陸軍大将の裁判が終わったばかりだ。ここでも政治が働いたということか。

軍においては上意下達が絶対。

上からの指示には逆らえない。

――あなたたちも早晩、我々と同じ道を辿ることになる。我々は所詮一本の道の上にいて、どこまで進んだかの違いがあるだけです。

クロサキのあざけるような声が耳元に甦り、丸山は唇を噛んだ。共産主義《アカ》の取り締まりだけなら、この先は少なくなる仕事《パイ》を奪い合うか、さもなければアカの定義を無限に拡張していくしか道は残されていない。そうなれば、もはや憲兵と特高の区別はつかなくなる。より徹底した異物排除の方法を競う以外、組織の存在意義を主張できなくなる――。

「帝大教授の論文の一件、頼んだぞ」

上官は机の上の書類に視線を落としたまま、丸山に念を押した。

反射的に背筋を伸ばし、その場で敬礼して踵を返す。

ドアを開け、失礼します、そう言って部屋を後にした。

薄暗い廊下を歩く丸山の脳裏に、二人の若者の顔が浮かんでいた。弟の真次と、鶴彬。二人の顔は区別がつかないほどよく似ている……。

軍服姿の者たちが行き交うなか、丸山は以前に真次から教わった鶴彬の川柳を口の中で小さく呟いた。

――三角の尖がりが持つ力なり。

丸山は顎をひき、奥歯を噛み締めた。

彼らには川柳がある。きっと大丈夫だ。

丸山の脳裏で二人の若者の顔が合わせ鏡のように向き合い、力強く頷き合うと、素早く二手に分かれて闇の中に消え去った。

カサンドラ

1

「まるでスパイ小説みたいじゃねえか」

志木《しき》裕一郎《ゆういちろう》は、ベンチに腰を下ろして低い声で言った。白いジャケットのポケットから煙草を取り出し、あみだに被《かぶ》った白いパナマ帽の下で火をつける。ベンチの背にもたれ、木漏れ日に目を細めて、深く吸い込んだ煙をゆっくりと吐き出した。

「……来てくださると……思っていました」

同じベンチの端に座った若者が、広げた新聞に目を落としたまま囁《ささや》くような声で言った。

ロイド眼鏡をかけた、痩《や》せた、猫背ぎみの青年は和田喜太郎《わだきたろう》。東京の大手出版社「中央公論社」に勤める編集者だ。志木とは八歳違いの二十七歳。外地暮らしが長かった志木の目には年齢のわりに幼く見えるが、最近の日本のインテリの若者はたいていこんなものなのだろう。

「何のつもりだ。暗号文で呼び出しとは、時局柄《じきょくがら》穏やかとは言えないな」

突《つ》っ慳貪《けんどん》な口調で言うと、相手が息を呑《の》み、動揺する気配が伝わってきた。

「そんな……暗号文だなんて……。僕はただ……」

「どうせ暗号文にするなら、次回はもっと手の込んだものにしてくれ」

にやりと笑ってみせると、和田青年は安心したようにほっと息をついた。

数日前。志木は勤務先の満鉄東京支社調査室で、和田青年から妙な葉書を受け取った。絵葉書の片面下半分を使って、

前略。先日は有り難うございました。

次回会合は午後三時からでお願いします。

本状、用件のみにて失礼します。


と素っ気なく記された文面は、一見どうということもない。

問題は、「次回会合」予定など一切入っていないという事実であった。

首を傾げた志木は、電話で確かめようとして、あることを思い出した。

和田青年と最後に顔を合わせたのは一か月半ほど前、「政治経済研究会」の席だ。

研究会は、元は近衛《このえ》文麿《ふみまろ》公爵のブレーン集団「昭和研究会」が講師を派遣する「昭和塾」のメンバーが自発的に始めた勉強会で、昭和塾解散後、職種の垣根をこえて不

定期に集まり、戦時下の情報交換と現状分析を行っていた。参加者の面子《メンツ》は、外務省や大東亜省《だいとうあ》の若手官僚はじめ、満鉄東京支社調査室、東亜研究所、日本製鉄や古河電工などの民間企業、新聞社、出版社など多岐にわたる。志木は外国から戻って満鉄東京支社に入った後、誘われて参加するようになった。

和田喜太郎は、研究会の中では最若手の部類に入る。そのせいか、研究会ではほとんど口を開くことなく、いつも黙って聞いているだけのごく目立たない存在だった。研究会後、たまたま帰る方向が同じだったこともあって、志木は和田青年と言葉を交わすようになった。聞けば、同じ慶應《けいおう》の仏文出身。しかも、探偵小説好きの趣味を同じくすると知って、打ち解けた。普段、勤め先の満鉄東京支社内では極端に人付き合いが悪く、細身で筋肉質、彫りの深い容貌《ようぼう》と人を寄せ付けぬ雰囲気ともあいまって、周囲の者たちから「一匹狼」、あるいは大学で専攻していたランボーにかけて「ヴォアイヤン《voyant》」(但し、〝幻視者〟というよりは〝傍観者〟の意味で)と陰口をたたかれている志木にしては珍しい。たまたまウマが合った。そんなこともある。

虎ノ門《とらもん》にある満鉄東京支社の一室で行われた前回の研究会の後も、志木は和田青年を誘って近くにある会員制のバーに飲みに行った。その時、話題になったのが〝秘密通信〟だ。

暗号による秘密通信は、古今東西の探偵小説が好んで取り上げてきたテーマである。

どんな秘密通信が最も効果的か？

探偵小説でしばしば用いられるのは白紙通信だ。通信文を一見白紙のまま相手に送る。白紙なら途中で第三者に内容を盗み読まれることはない。受け取った側では、予《あらかじ》め決められた手段——炙《あぶ》り出しや特殊な薬品を塗布することで元の通信文を浮かび上がらせる。

あるいは、数字を使った秘密通信。一般的には〝コードブック方式〟と呼ばれる暗号が有名だ。発信受信双方で予め親本《コードブック》を定めておき、ページと行数に合わせて数字を文字に変換する。親本には通常、双方が所持していて不自然でないものが選ばれる。

西欧の探偵小説では、親本としてよく聖書が用いられている——。

探偵小説の話をする時、和田青年は頰に朱を注ぎ、目をきらきらと輝かせて、研究会での無口で目立たぬ様子が嘘のように多弁であった。ここだけの話ですが、と声を潜め、

「じつはいま、現代の日本を舞台にした探偵小説を書いているのです。聖書の暗号。どう思われますか？」

そんなことまで言い出す始末だ。

「欧米の探偵小説で親本に聖書が用いられるのは、暗号を神の声になぞらえる文化背景が影響しているからだ」

志木はグラスを掲げて指摘した。

「それに、日本では聖書を常備している家庭の方が少ない。日本で聖書を暗号に使うのは不自然だ。現代の日本が舞台なら、別の案を検討すべきだな」

なるほど、と和田青年は素直に感心した様子で頷《うなず》いた。

「では、ダンテの『神曲』はどうですかね？」

「スノッブすぎる」

志木は苦笑して首を振った。

「そうだな。現代の日本が舞台なら、親本は改造社の円本《えんぽん》『現代日本文学全集』あたりがいいんじゃないか。あれならどの家にあっても不自然じゃない」

昭和初年、改造社が打ち出した「一冊一円」の円本企画『現代日本文学全集』は、事前の周囲の予想を遥《はる》かに上回る二十三万部の予約が殺到、その後の一大「円本ブーム」を引き起こした。

「暗号の親本に『現代日本文学全集』、ですか」

和田青年は眉《まゆ》を寄せ、首をひねった。

「探偵小説の雰囲気がうまく出せますかね？　第一回配本は、たしか尾崎紅葉《おざきこうよう》……」

と言いかけて、自分がからかわれていることにようやく気づいたらしく、ははっ、と短く声に出して笑った。

「そもそも現代の日本が舞台では、白紙や数字の羅列では秘密通信になりえない」

志木はグラスを顔の前にあげて、和田青年に日本の現実を指摘した。

昨年五月のゾルゲ事件報道解禁後、日本国内では「スパイ」や「見えざる敵」が一躍流行語になっていた。世を挙げて鵜《う》の目鷹《たか》の目でスパイを探し回っているなかで、白紙や数字の羅列の手紙など出そうものなら、差出人はたちまち警察に突き出される。封書もすべて開封検閲されていて、先日は逓信省がわざわざ「まぎらわしい手紙は書かないように」と一般に通達を出したくらいだ。検閲する側も、される国民の側も、それが当然だと思っている。

「検閲と相互監視が前提の現代日本を舞台にするなら、白紙や数字による秘密通信は意味がない。〝疑って下さい〟と言っているようなものだ」

そう言うと、和田青年はがっかりしたようにため息をついた。

「大日本帝国憲法第二十六条には〝日本臣民は法律に定めたる場合を除く外《ほか》、信書の秘密を侵さるることなし〟と定められているはずなのですがね」

「同第三十一条〝本章に掲げたる条規は戦時又は国家事変の場合に於《お》いて天皇大権の施行を妨ぐることなし〟だ」

志木は鼻先で笑い飛ばした。

その後二人で、私信の秘密が存在しない日本ではむしろ第三者に読まれることを前提にした文面に暗号を潜ませるのが秘密通信の極意ではないか——そんな話をした。

次回会合は午後三時からでお願いします。

和田青年はわざと配達途中で第三者に読まれることを前提にした絵葉書を送ってきた。志木との「約束されていない会合」を希望しているということだ。

志木は和田青年から届いた葉書の文面に、改めて目を落とした。

問題は場所と日時だ。

うっかり見過ごしそうになったが、「和田喜太郎」の署名と並んで末尾に書き添えられているのは明後日、未来の日付だ。これが会合日。時間は文面の「午後三時」そのままと考えていいだろう。

残る謎は場所だが——。

志木は絵葉書を裏返した。

小さな台の上に立って長い鼻を高く上げる象の絵が描かれていた。

二日後、午後三時。

上野《うえの》恩賜公園内にある動物園を訪れた志木は、象舎前のベンチに和田青年の姿を認めた。

本当に暗号だったというわけか。

志木が受け取った芸をする象の絵葉書は、調べてみると、上野動物園園内売店でのみ販売されているものだった。

日付と場所。次回の会合。

辻褄《つじつま》は合っている。

尤《もっと》も、和田青年の姿を目にするまでは半信半疑だった。妙な謎を提示されると、ついい出向いてしまう。探偵小説愛好家《ファン》の悪癖だ。

志木は己に苦笑しつつ、和田青年に低く声をかけた。

木陰のベンチに腰を下ろし、煙草を取り出して一服する間にも、大勢の親子連れが続々と象舎前に集まってきた。

ベルが鳴る。

象の曲芸《ショー》が始まる時間だ。

ショーの開始が華々しく宣言され、巨大なインド象が飼育員の指示に従って丸太の上を前後に行き来する。たちまち大きな拍手と、子供たちの黄色い歓声がわき上がった。みんな目を輝かせて、芸をする巨大な象の姿に見入っている。

「……周囲に誰かいませんか。こっちを監視していそうな奴は？」和田青年が囁くような声で尋ねた。

志木は煙草の煙を吐き出しながら、それとなく周囲に目を走らせた。

幼い子供を連れた家族はみな、目の前の象の曲芸に夢中だ。背後のベンチを気にしている者は誰もいない。二人の会話に聞き耳を立てていそうな者も見当たらない。

なるほど、平日昼間の動物園、中でもショーが行われている時間の象舎の前は秘密の会合にうってつけだ。ここなら話す内容を誰かに聞かれることはない。絵葉書を使った通信アイデアも悪くなかった。問題は――。

何を恐れている？

志木は目を細め、同じベンチの端に座る和田青年の姿を横目で眺めて首を捻《ひね》った。

新聞を持つ和田青年の手が細かく震えていた。横顔は血の気を失い、青白さを通りこして土気色に見える。

「書きかけの探偵小説の相談のために呼び出された、というわけじゃなさそうだな」

志木は、わざとのんびりした口調で尋ねた。

「助けてください」和田青年がかぼそい声で悲鳴をあげた。

「何があった」

「……わからない」

「わからない？」志木は片方の眉をひき上げた。

「そいつはまた、新しい謎だな」

「僕の周りから、次々に人が消えています」和田青年はごくりと唾《つば》を呑み込み、のどの奥から絞り出すようなかすれた声で言った。

「知り合いが最近、次々に、何人も消えてしまったのです……。前日まで普通に話をしていた者が、ある日突然いなくなった。なぜいなくなったのか、理由がわからない。誰からも、何の説明もありません……」

おやおや、何ごとかと思えば。

志木は口元に皮肉な笑みを浮かべた。ポケットから新しく取り出した煙草に火をつけ、

「戦争中だからな」

と、吐き出す煙とともに、気のない様子で答えた。

泥沼化した大陸での戦闘に加えて、一昨年十二月、真珠湾《しんじゅわん》攻撃をきっかけに始まったアメリカとの戦争は、開戦一年半を経て混迷の度合を深めていた。大陸と南方双方に戦線を広げた結果、日本軍は前線に送る大量の兵隊が必要となった。軍部の求めに応じて日本の若者が片っ端から徴兵され、人員が足りなくなると、身長、体重、さらには年齢などの徴兵基準が次々に引き下げられた。徴兵された者たちは、ごく簡短な訓練を受けただけで戦地に送られている。条件を引き下げた徴兵検査でも不適とされ

た者は軍需工場に徴用され、年少者や女性と一緒に働かされるようになった。

いつ、誰が、どこに、徴兵もしくは徴用されて不思議ではない状況だ。ごく最近まで、実質的に徴兵徴用を免除されていた大学出の専門的知識の持ち主――和田青年のような出版社や新聞社の社員といった知識人《インテリ》連中にも、この頃は容赦なく赤紙が送り付けられ、軍需工場での労働や軍隊での戦闘参加が強制されている。

他人《ひと》ごとだと思っていた徴兵徴用が我が身に降りかかってきた結果、知識人たちの間に一種のパニックが広がっていた。徴兵徴用逃れの特権を享受し続けるために、自分から軍や政府に取り入る者たちの姿が目立ちはじめている。

「ちがう。そうじゃない。そうではないのです」和田青年がぶるりと首を振って言った。「僕にも、そのくらいのことはわかります。徴用や徴兵なら、職場で盛大に送別会が開かれる。そういう消え方とは違います。何人かの知り合いが最近唐突に姿を消した――周りの者たちは、彼らなどはじめから存在しなかったように振る舞っているのです。まるで闇の中に吸い込まれていった感じで……」

そっちか。

志木はベンチの背にもたれ、和田青年にどう説明したものか思案した。

徴兵徴用逃れの特権を享受してきたインテリ連中には、一方で彼ら特有の別の危険がつきまとっている。徴用や徴兵とは違う形で〝社会から姿を消す〟危険性――思想犯として、ある日突然、特高や憲兵にしょっぴかれる可能性だ。

特高や憲兵隊が相手の場合、やっかいなのは彼らの基準がよくわからない点だ。美濃部《みのべ》教授の天皇機関説のように、それまで問題とされてこなかった言説が、ある日を境に突然取り締まりの対象とされる。検挙された後も、いったい何を理由に引っ張られたのかわからない、という事態が昨今しばしば生じていた。

「僕の周りで……何か大きなことが起きている気がします」和田青年が小声で言った。「見えないところで何かが行われている。それが何なのかわからない。会社でも皆口をつぐんでいて、最近はお互い疑心暗鬼になっている感じです。誰が誰を監視しているのか、密告者は誰なのか……。もう、誰も信用できない」

「なぜ俺に相談する？」志木は不審に思って尋ねた。同じ大学出身、あるいは探偵小説同好の士というだけでは、相談内容が踏み込みすぎている。

「神奈川県の警察に知り合いがいるとおっしゃっていたのを思い出して、それで……」

神奈川県の警察？

志木は煙草をくわえたまま眉を寄せた。話が見えなかった。

「内務省の検閲課にいる知り合いに聞いたのです。そうしたら〝あれはカナトク案件だから〟と……。口を滑らせた感じでした」

「カナトク？」

「何でも、神奈川県管轄の特高警察をそう呼ぶのだとか……」

和田青年はそう言うと新聞から視線を上げ、はじめて志木に顔を向けた。視点が定まらず、目が完全に泳いでいる。

「東京の出版社の社員が東京の警視庁に呼ばれるのなら、僕にもわかります。作った本や雑誌の説明をさせられるのは、これまでも時々あった話です。けれど……神奈川県の特高が、いったいなんだって東京の出版社の社員を次々に引っ張っているのですか？」

和田青年はそう言って土気色の顔でゆるゆると首を振った。がくりと頭を垂れ、両手で頭を抱え込んだ。

「いったい何が起きているか、わけがわからない。僕は……恐ろしい」

震える声をかき消すように、象のショーを観ている親子連れの間からひときわ大きな拍手と歓声がわき上がった。

2

和田青年が立ち去った後も、志木は一人ベンチで煙草をふかしていた。

短くなった煙草を足下に落とし、靴底でもみ消した。そのままついでのようにベンチに残された新聞を取り上げる。

和田青年が置いていった新聞だ。紙の間に、横書きの手書きのメモが挟んであった。最近、彼の周囲から姿を消した者の名前と年齢、勤務先、姿を消した日付の一覧だ。

志木は新聞を広げ、記事を読むふりをしながら素早くリストに目を走らせた。記された名前は全部で四名。日付はいずれも「五月二十六日」となっている。リストの中で「木村亨」の名前の下に二重線がひいてあった。「二十七歳」、「中央公論社」。

和田青年が恐慌を来した直接の原因はどうやら、勤め先から同い年の編集者、木村亨が姿を消したことらしい。仲が良かったかどうかまではわからない。が、唐突な〝消え方〟と、その後、彼をいないものとして扱う社内の対応がショックだったのだろう。

和田青年の調査メモによれば、同じ日に東京の出版社「改造社」の編集者、相川博と小野康人が姿を消していた。「三十四歳」と「三十五歳」。和田青年にとっては〝先輩編集者〟にあたる。狭い出版業界では編集者同士はお互い顔見知りだ。さらに同じ日に、東京に本社がある新聞社の記者、加藤政治（二十七歳）も姿を消している。

いずれも神奈川県特高《カナトク》に引っ張られたということか？

志木は広げた新聞を体の前で畳み、抜き取ったメモをさりげなくポケットに滑り込ませた。

煙草を取り出し、火をつける。

ベンチの背にもたれ、立ちのぼる煙の行方を目で追いながら頭の中で論点を整理した。

同じ日に、知り合いの編集者や新聞記者が四人、姿を消した。しかも彼らは全員、なぜか勤務先の会社がある東京警視庁ではなく、神奈川県警察に引っ張られている。

和田青年がパニックになった理由も、わからなくはない。

秘密めかした暗号で志木を呼び出した理由は二つ。

一つは、社内や業界内の反応が信用できない状況になっているからだ。

戦時下、軍部の言論界への締め付けが厳しくなっている。ことに和田青年が勤務する中央公論社は、このところ陸軍から目の敵《かたき》にされていた。

日米開戦直後、陸軍報道部は東京の雑誌担当者を一堂に集め、毎月六日を定例日とする「六日会」の実施を通告した。

陸軍現役将校が毎回出欠をとって各雑誌を講評、今後の編集方針に注文を出す。

というもので、『中央公論』は今年一月号、三月号に掲載された谷崎潤一郎《たにざきじゅんいちろう》の小説「細雪《ささめゆき》」が「国民の戦意を沮喪《そそう》させる無用の小説である」と陸軍将校から批判され、連載中止となっている。

「無用の小説も何も、マルクスがロシア人だと本気で思っている連中ですよ。馬鹿馬鹿しい。彼らに小説の善し悪しがわかるものですか」

前回和田青年を誘って飲みに行った際、彼は酔っ払った勢いでそんなことを愚痴っていた。

「その前の六日会では〝ドストエフスキーの小説を読むとアカにかぶれる〟と真顔で吹聴《ふいちょう》していました。一方で『公論』の尊王攘夷《そんのうじょうい》特集には〝いたく感動した〟そうです」和田青年は肩をすくめ、「それをまた、みんなで持ち上げるんだから、いやになる。うちの会社の連中も全然信用できない」

そう言った後、ふいに酔いが醒《さ》めた様子で慌てて左右を見回していた。

用紙配給の経済統制下で、出版業界は空前の好景気に沸き返っていた。人は不安になると、どんなものでも良いから情報を求める傾向がある。その結果、軍の検閲をパスしさえすれば、出す本、出す雑誌はすべて、どんなものでも片っ端から飛ぶように売れ、たちまち店頭からなくなった。返本の悪夢など、今は昔の話である。

結果、取り締まる側（軍）と、取り締まられる側（出版社）の間に妙な連帯感——馴《な》れ合い——が生じていた。大手出版社ほど、この傾向が強い。「軍人の気に入る内容ばかり載せるのは、いくらなんでも馬鹿げている」とぼやく者がいる一方、「この御時世、軍人の意見には逆らわず、譲れるところは譲ってでも出版を続けるべきだ。発禁処分では元も子もない」、そう考える者も少なくない。

　誰が味方で、誰が敵なのかわからない。相互監視と密告が世の流行《はやり》だ。相手を間違えてうっかり相談しようものなら、理由もわからないまま、神奈川県特高《カナトク》に密告されかねない。立場に窮した和田青年は、出版業界の外の人間の方がむしろ話を聞いてもらいやすいと考えたのだろう。

　もう一つの理由が、志木が以前何げなく口にした「神奈川県の警察に知り合いがいる」という情報だ。

　あれは、と志木は苦笑し、知り合いといっても子供の頃に近所に住んでいた巡査で、いまではもう定年間際、特高とは何の関係もない人物だ、そう言ったが、和田青年は「ともかく、聞くだけ聞いてみてください」の一点張りであった。

　もう一度、和田青年が残したメモに目を落とした志木は妙なことに気づいた。

　メモにある「五月二十六日」。志木が勤める満鉄東京支社調査室からも、調査員が一人、やはり〝姿を消して〟いた。その後の消息は不明だ。

　偶然か？

　あるいは『中央公論』や『改造』の編集者が消えたことと、何か関係があるのか？

　志木は首を傾げた。

特高や憲兵隊に引っ張られた者について周囲の者が極力触れない、関わりがないよう振る舞うのは出版社に限った話ではない。満鉄東京支社内でも状況は同じだった。

昨年、大連《だいれん》にある満鉄本社調査部に関東憲兵隊による大規模な介入が行われた。何人かの本社調査員がソ連や中国共産党との関係を疑われ、現地の憲兵隊に検挙されたという。全容ははっきりしないが、大連の本社では「調査部が解体されるのではないか」と噂されるほどの大事件に発展しているらしい。

五月二十六日に満鉄東京支社から姿を消した調査員の担当は「ソ連事情研究」で、大連本社の連中とのつながりも深かった。てっきり、その流れで引っ張られたのだとばかり思っていたのだが……。

(引っ張ったのが警視庁なのか、あるいは神奈川県特高《カナトク》なのか、一応調べてみるか)

志木は一つ大きく伸びをして、ベンチから立ち上がった。

唇の端に煙草をくわえたまま、園内をぶらぶらと歩き出す。

象舎の右手奥は猛獣舎だ。

ライオン、トラ、チーター、クロヒョウ、ヒョウ……。

志木はそれぞれの檻《おり》を順番にのぞき込み、巨大なネコ科の動物たちの、美しく、しなやかな姿に目を細めた。

志木が今日わざわざ出掛けて来たのは、和田青年から送られてきた絵葉書暗号の謎解きに興味を覚えたからだけではない。子供の頃から志木は、自分でもおかしなほど動物園に魅了されてきた。複雑な家庭に育った志木にとって、動物園は普段決して目にすることのないエキゾチックな動物たちが一堂に会する不思議で魅力的な空間であり、何より心落ち着ける唯一の場所だった。

ツキノワグマ、マレーグマ、クロクマ、ホッキョクグマ、アメリカヤギュウ……。

親に連れられた子供たちが、檻の前であんぐりと口を開けて眺めている。人間など一撃で打ち倒す力をもった巨大で猛々《たけだけ》しい生き物たち——それでいて、しなやかで、うっとりするほど美しい動物たちに、皆、すっかり魅了されている。

大陸や南方では、いまこの瞬間も銃弾が飛び交い、多くの兵隊が戦死している。

動物たちに見入る子供の多くが、鉄兜《てつかぶと》に似た帽子をかぶり、背嚢《はいのう》を背負っていた。何の役にも立たない布製の〝鉄兜〟に、ろくに物も入れられない〝背嚢〟。純然たる贅沢《ぜいたく》品だ。

この御時世、動物園に連れてきてもらっているのは裕福な家庭の子供たちだけだ。幼い子供に〝小さな兵隊さん〟の恰好《かっこう》をさせて動物園に連れてくる親たちのセンスに、志木は白いパナマ帽の陰で皮肉な笑みを浮かべた。

連日の「大戦果」が高らかに報じられ、日本国中が有頂天になっていたのは、既に過去の話だ。日本軍はガダルカナルからの撤退を決め、連合艦隊司令長官山本《やまもと》五十六《いそろく》が搭乗する軍用機が撃墜されるなど、情報統制が行われているはずの新聞報道にさえ明らかに不穏な空気が漂っている。

それでも、国民の多くはこの戦争に負けるとは思っていない。

神州不滅。いざとなれば神風が吹く。

多くの国民はいまだに必勝を信じている。

鬼畜米英。撃ちてし止まむ。

ゼイタクは敵だ。パーマネントはやめましょう。

欲しがりません、勝つまでは。

増税につぐ増税が行われ、給与所得者には理不尽ともいえる源泉徴収制度が導入された。戦時国債の割り当てにも国民は文句一つ言わず従っている。

挙国一致。尽忠報国。尊王攘夷。

万世一系。八紘一宇《はっこういちう》。大東亜共栄圏。

聖戦完遂。

政府が垂れ流す威勢のよい言葉を、国民の多くが壊れたレコードのように繰り返している。

志木は手元の煙草の箱にちらりと目をやり、不快げに顔をしかめた。

庶民に人気の煙草「ゴールデンバット」は、いつのまにか「金鵄《きんし》」と名前を変えていた。「チェリー」は「桜」になり、「東京ジャイアンツ」は「東京巨人」に、ユニフォームのマークも「G」から「巨」に改められた。ディック・ミネは三根耕一《みねこういち》に、講談社の総合雑誌『キング』は『富士』に改名した。

政府からの「外国語はなるべく使わないように」という自粛要請を受け、世の中にヒステリックな外国語追放の雰囲気が広まっていた。外国語を教えていた大学教授は白い目で見られ、「敵性語である英米語をむしろ学ぶべきではないか」と提言した教師は職場から石もて追われた。

排除されるのは外国語だけではない。最近は政府が示した国策に批判的と見做されるや否や、たちまち「反日的」「不敬」「非国民」「売国奴」などのレッテルが貼られ、内容を知りもしない者たちから一斉に攻撃の対象となる。

国民の多くはこの戦争に勝てると思っている。

日本が負けるとは思っていない。

なぜ戦争に勝てるのか？　なぜ負けないのか？

日本はあの日露戦争にも勝利した。だから今回も勝てるはずだ。

論理ではない。単なる思い込みだ。

神州不滅。いざとなれば神風が吹く。

引き合いに元寇《げんこう》までもち出すようでは、もはや笑い話である。

先日「東條首相《とうじょう》の算術」と題されたポスターが全国に貼り出された。それによれば「戦時日本の算術」では「2+2=4」ではない。「2+2」は「5」にも「7」にも「80」にもなる。そのために必要なのは「工夫と研究」であり、「難しい仕事に取り組む勇気」なのだという。

頑張れば2+2=5になる？

志木は皮肉な形に唇を歪《ゆが》め、煙草の煙を空に向かって吐き出した。

仕方がない。軍人とはもともとそういう連中なのだ。

それにしても「東條首相の算術」は難しすぎる。とても付き合いきれない。

そう嘯《うそぶ》く連中が集まっているのが、志木や和田青年が参加する「政治経済研究会」だ。

研究会では毎回、職種や卒業年度の垣根を越えて集まった在京大学のOBたちが、それぞれ勤め先の官庁や企業から持ち寄った情報をもとに「東條首相の算術」とは別の現実を組み立てる。戦車《タンク》と機関銃、毒ガスの前に騎士道や武士道が何の役にも立たないことは、先に欧州で行われた〝世界大戦〟で既に実証済みだ。現在進行中の近代戦の未来予測に於いて必要なのは、もとより「東條首相の狂った算術」などではなく、むしろマルクスが提唱した下部構造理論——産業構造と物量の正確な把握——である。正確な数字に基づいて世界各国の情勢を分析し、希望的観測や精神論ではなく、あくまで合理的な科学的知見による戦況の未来予測を行う。事実に基づいて、今後この国が本当はどうなっていくのかを考える。

それが「政治経済研究会」の目的だ。

メンバーが持ち寄った情報をもとに、前回の研究会で合意された結論は、

――日本がこの戦争を遂行可能な年数は最大であと一年。

というものであった。

「この戦争を続ければ、遅くとも一年後の昭和十九年中頃には日本の国力は各方面で限界に達する。敵の攻撃を待たずして、社会は悲惨な状況に陥る」

という厳しい見通しだ。

一方で、研究会では、

――この事実を一般国民に広く知らせる必要はない。

という合意がなされた。

国民の多くが欲しているのは正確な情報ではない。国民は、ああしろ、こうしろ、と指示されるのを待っているだけだ、その方が楽だから。

「彼らには未来が見えないのではない、見たくないだけなのだ」

冷笑的な発言に対し、反対する意見はどこからも聞こえてこなかった。

志木は眩《まぶ》しい日差しに目を細め、猛獣舎に背を向けて歩き出した。足下を、布製の鉄兜をかぶり、玩具《おもちゃ》のような背嚢を背負った子供たちが駆け抜けていく。足を止めて振り返り、猛獣舎の檻を食い入るように見つめる子供たちをぼんやりと眺めた。

戦争が続けば、この子たちが成長するまでこの国はもたない。

物資の絶対的窮乏。路上には餓死者が溢《あふ》れ、日本の上空は無数の敵機で埋め尽くされる。圧倒的物量による凄《すさ》まじい空爆。地上は業火に包まれ、為《な》す術《すべ》もなく逃げ惑う人々。近代科学の粋を集めた英米の新型爆弾によって、きわめて多くの、場合によっては百万単位の命が奪われることになる。

知識をもつ者の目には未来が見える。

同時に、それがいかに絶望的な未来だとしても、どうすることもできない——。

カサンドラだ。

志木は口の中で呟《つぶや》いた。

ギリシア神話では、アポロンの怒りをかったトロイアの王女カサンドラは、未来を幻視する力と、それを告げても誰にも信じてもらえないという〝呪い〟を受ける。

脳裏に、研究会のメンバーの顔が浮かんだ。

真面目な顔付きで真剣に討議を重ねる、いかにも利口そうな大学出の男たち。正しい言葉が受け入れられるわけではない、未来をどうすることもできないことがわかっていながら、それでもなお知らずにはいられない者たちだ。

結局のところ、雀が集まってチュンチュン鳴いているのと大《たい》して変わりはない。

――とんだ王女《カサンドラ》さまだ。

志木は唇の端を歪め、短くなった煙草を指先につまんで弾《はじ》き飛ばした。

3

「こちらにいらっしゃるのは二十年ぶり？　そうですか。ご立派になられて。すっかり見違えました」

差し向かいに座った初老の男は懐かしげに目を細め、志木が勧める酒を盃《さかずき》に受けた。

「はぁ、あれからもう二十年以上経ったとはねぇ。ワタシも年をとるはずですな。やっ、すみません」

男は首をすくめるようにして一口酒を飲み、日に焼けた顔に驚いた表情を浮かべた。

「この御時世、こんな美味《うま》い酒が飲めるとは……」独り言を呟き、急に何ごとか思い当たった様子で、疑わしげに志木の顔を窺《うかが》い見た。

「まさか……？」

「ご心配なく。闇《やみ》で手に入れた違法品じゃありません」志木はくすりと笑って言った。「〝闇取引は利敵行為なり〟。陛下の警察官であらせられる鳥井《とりい》さんに、闇酒を飲ませるわけにはいきませんからね。酒は親父のところからくすねてきたんです。今日はまあ、存分に飲みましょう」

「そうですか、殿様《とのさま》のところから。それなら納得です」

長年地元で警察官を勤める鳥井良一《りょういち》は安心した様子で肩の力を抜き、照れたように白髪の目立つゴマシオ頭に手をやった。

「裕一郎坊ちゃんのキツい悪戯《いたずら》には、昔、さんざん困らされましたからな。舶来の菓子だと騙《だま》されて、馬の糞《ふん》を食わされたこともある。あのころの癖で、ついつい疑ってしまって申し訳ない次第です。とんだ失礼をいたしました」

志木は目を伏せたまま、素知らぬ顔で盃を口元に運んだ。

神奈川県真鶴《まなづる》にある実家の別荘に赴いたのは、盛夏も過ぎたお盆の時期であった。

和田青年から〝暗号〟で上野の動物園に呼び出されてから一か月余り。時間があいた理由の一つは、満鉄調査室の仕事が忙しく、それまで身動きが取れなかったからだ。

前年、日本軍は蘭《らん》領東インドと英領ボルネオの占領に成功。それに伴い、軍部から南方油田の埋蔵量調査と、採掘・製油・備蓄に必要な技術に関する報告書を求められていた。

アジア解放の美名に隠されてはいるが、南方油田は日本軍が南進を決めた重要な要素だ。

調査の結果、日本経済を賄うのに充分な埋蔵量が確認された。採掘もさほど困難ではない。現在の日本の採掘・製油技術をもってすれば充分に対応可能。備蓄施設設置も容易である。

求められた報告書の内容としては以上だが、志木は独自の見解として本論終了後に「但し書き」を付した。

南方油田を日本経済に組み込むためには、途中海域の安全確保が絶対条件となる。平時の貿易であれば問題はない。但し敵国の潜水艦と航空機の攻撃に晒《さら》される近代戦戦時下においては、途中海域の安全確保のための費用《コスト》が油田利用の利益《メリット》を遥かに上回る。埋蔵量の如何《いかん》にかかわらず、南方油田を日本の戦時経済に組み込むことは現実的には不可能である、という内容だ。

詳細なデータと最新の分析方法を駆使し、苦労して書き上げた長大な報告書は我ながら満足のいく仕上がりとなった。

尤も、軍部への提出に際しては、志木が付した「但し書き」は削除されたらしい。

報告書は正反対の意味になる。

上が報告書をどう使おうと志木の知ったことではない。自分は自分、目の前の仕事を一つずつこなしていくだけだ。

時間があいたもう一つの理由は、調査の依頼主である和田青年からその後連絡がなく、志木の側で積極的に調べを進める動機づけを欠いたからである。

複数の知り合いが同時に姿を消したことで動揺し、一時的にパニックに陥ったものの、志木に話をしたことで落ち着いたのだろう。案外そんなものだ。

志木が真鶴の別荘を二十年ぶりに訪れ、近所に住む古い知り合い――地元の警察に勤める老巡査部長――を招いて話を聞くことにしたのは、むしろ個人的な興味からだった。和田青年の話とは別に、志木が独自につてを辿《たど》って調べたところ、今年五月に満鉄東京支社から三人の社員が姿を消していた。彼らはいずれも、警視庁ではなく、神奈川県警察に引っ張られたらしい。

五月だけで七名。偶然にしては、いくら何でも多すぎる――。

「それで、加島《かしま》の殿様は相変わらず、お元気ですかな」

鳥井巡査部長は鮎《あゆ》の塩焼きに箸《はし》を伸ばしながら、阿《おもね》るように志木に尋ねた。

志木の父・加島元造《げんぞう》は商売の機を見るのに聡《さと》く、一代で莫大《ばくだい》な富を築いた立身出世《しゅっせ》譚《たん》中の人物だ。漁師の小倅《こせがれ》が横浜《よこはま》で港の下働きをしながら抜け目なく商機をつかみ、またたくまに財をなした。明治という国家資本主義の黎明《れいめい》期・混乱期にのみ現れ出た一種の奇跡であろう（志木はひそかに〝ミダス王〟のあだ名で呼んでいた）。現在は横浜にいくつも会社を持ち、軍需物資を軍に納める他、港湾関係の事業も広く手掛けている。商売柄、地元の警察や政治家、やくざとの付き合いも深く、地元真鶴では「加島の殿様」と呼ばれる顔役だ。彼のところに行けば、酒や肴《さかな》どころか、この御時世によくもまあ、と呆《あき》れるようなものまで揃っている。戦時統制経済下とはいえ、物はあるところにはある。何事も、やり方次第だ。

「元気ですよ。そう、相変わらずだ」志木は笑って答えた。

父・加島元造は八十代半ばを過ぎたいまも本宅をもたず、何人もの女性にそれぞれ家を与えて、ひと月ごとに渡り歩く生活を続けていた。元造には多くの子供がいる。男子が総勢六名。それぞれの母親の名前から一文字をとって順に、聡一郎、聡二郎、喜一郎、信一郎、信二郎、裕一郎と名付けられた。全員籍には入れず、私生児扱い。志木は元造が五十過ぎて産まれた〝末っ子〟だ。その他女子が数名（女子の命名は母親任せで、ルールはなかった）。志木が知っているだけで、その数である。

昔は年に一度、母子ともども全員が真鶴の別荘に一堂に集められ、みなで新年を祝う会が行われた。元造は母親も子供たちも別《わ》け隔《へだ》てすることなく平等に扱った。が、母親や子供たちの側では派閥が生まれた。志木の母は一族の中で一番若い。そのせいもあって、志木は年の近い兄や姉、彼らの母親たちから疎まれ、しばしば露骨な嫌がらせを受けた。

志木母子の側でも彼らとは反りが合わず、離れていることが多かった。

五人の兄はそれぞれ学校を出た後、父が経営する横浜の貿易会社や関連会社に入って働いているが、残念ながら元造の商才は子供たちの誰ひとりとして受け継がなかった。兄たちは会社の経営方針について、いまも元造の指示をいちいち仰いでいる。

男兄弟のなかで志木だけが一族の関連会社に入らず、大学卒業後すぐに日本を飛び出し、パリやロンドンで気ままな生活を送ってきた。一年半ほど前に日本に帰ってきたのは、病が重くなった母を看取《みと》るためだ。志木が帰国した直後に母が亡くなり、間もなくアメリカとの戦争が始まった……。

「あの頃、殿様のお子さんたちの中じゃ、裕一郎坊ちゃんの悪戯が一番キツかったですな。後始末に、ずいぶんと頭を悩ませたもんです」

鳥井巡査部長は、一杯飲んだほろ酔い気分で、昔話をはじめた。

真鶴の別荘に来ると、志木は地元の子供たちを率いて、兄や姉たちから被《こうむ》る様々な嫌がらせに対抗した。鳴り響く半鐘に驚いて飛び出してきた兄たちを肥壺《こえつぼ》に落としたり、おとりを使ってまとめて蔵に閉じ込めたこともある。兄たちの荷物が忽然《こつぜん》と消えうせ、海に浮いていたのも、志木が仕組んだ悪戯の一つだ。

加島の殿様の別荘で騒ぎが起きると、決まって引っ張り出され、後始末をさせられたのが、当時、近所の派出所に勤務していた若い鳥井巡査だった。おそらく、何があっても警察沙汰《ざた》にはしないよう、加島の殿様から重々言い渡されていたのだろう。個人的に、なにがしかの金品を受け取っていたのかもしれない。

　鳥井巡査の奮闘ぶりは、子供の頃の志木にとっては一種の見物であった。地元の悪がきどもと一緒にまとめてこっぴどく叱られたこともあるが、そんなときも志木は、金切り声を上げ、あわてふためく周囲の大人たちの反応を素知らぬ顔で観察していた。考えてみれば、傍観者の冷ややかな目で周囲を観察し、分析する志木の態度は、あの頃から何も変わっていない。

「あの手のつけられない悪がきだった裕一郎坊ちゃんが、いまではすっかりご立派になられて」鳥井巡査部長は盃をおき、差し向かいに座る志木に目を細めた。「そうですか、いまは満鉄の東京支社にお勤めで。へえ、虎ノ門。霞《かすみ》が関《せき》のお近くですか。いや、田舎者のワタシにはさっぱり」恐縮した様子でゴマシオ頭をぐるりとなでた。

「次にいらっしゃるときは、ぜひ奥様やお子さんの顔も見せて欲しいものです」などと老巡査部長が酔っ払った勢いで埒《らち》もないことを言い出したのを潮に、志木はそろりと用件を切り出した。

　実は、学生時代の知り合いが最近神奈川県の特高に引っ張られて、それきり連絡がつかなくなって困っている。取り調べが済むまで勾留《こうりゅう》されるのはやむを得ないにしても、せめて差し入れくらいはしてやりたい。昔のよしみで何とかならないだろうか。

盃を口に運びながら、目を伏せ、わざと大したことではないようにそう言うと、鳥井巡査部長はしかし急に難しい顔になった。

「ウチの特高に、学生時代のお知り合いが……。そうですか」

腕を組み、首をかしげてしばらく無言で思案していた。

鳥井巡査部長が「ワタシから聞いたことは、どうかご内密にお願いします」と前置きした後、酔いが醒めた様子で話しはじめたのは、神奈川県警察本部で連日行われている激しい取り調べについてであった。

特高には専用の取調室があって、中から連日、怒声や悲鳴、うめき声が聞こえる。特高の連中は被疑者の取り調べに際して様々な道具を取調室に持ち込んでいる。例えば、竹刀、こん棒、ステッキ、細引き、ホース、バケツ、といったものだ。

扉を閉め切った取調室の中で具体的に何が行われているのか、他の署員に窺い知ることはできない。が、取り調べの結果は別だ。

朝、元気な様子で取調室に入っていった者が、夕方部屋を出てくる時は別人のごとき姿になっている。誰も彼も例外なく顔が腫《は》れ上がり、両眼はほとんどふさがっている。自分の足で立って歩ける者は稀《まれ》だ。ほとんどの者が両脇を抱えられ、半ば、もしくは完全に意識を失ったまま、引きずられるように監房に戻される。

特高以外の警察署員は、彼らが取調室から出てくると途端に無言になる。彼らが通り過ぎるのを、遠巻きに眺めている。

「そりゃまあ、治安維持法違反で引っ張ってきた非合法のアカの連中だから、少々手荒く扱うのはしょうがないんでしょうがね。あれが毎日じゃ、取り調べられる方はもちろん、取り調べる方だって身が持たないと思うんですがねぇ」老巡査部長はそう言って腕をくみ、顔をしかめた。「最近の特高の連中の張り切りぶりはちょっと異常で、変に目がぎらぎらしていて、正直、ワタシら同じ警察官でも怖いくらいだ。ほんの三《み》月《つき》ほど前までは、彼らもあんなふうじゃなかったんですがね。東京に行ってすっかり人が変わっちまった。みんな、陰じゃそう言っています。そんなわけでして、残念ですが、お知り合いへの差し入れは、ワタシの力では何とも……」

「失礼。今、何と？」志木はとっさに聞き返した。

「ですから、お知り合いへの差し入れは、ワタシの力では何とも」

「その前です」志木は身を乗り出すようにして尋ねた。「三月ほど前までは、彼らもあんなふうじゃなかった。東京に行って人が変わった。そう言いませんでしたか」

「ああ。それなら、ええ、たしかにその通りです」鳥井巡査部長はこともなげに頷いた。「四月の末だったか五月に入ったばかりの頃だったか、ウチの特高係の連中が何人か東京に呼ばれて、内務省のお役人と会って高い料亭で飯を食わしてもらったそうなんです。ま、この御時世、うらやましいかぎりですな。で、その時、お役人から

『今後の神奈川県特高の働きに期待している。しっかり頑張ってください』とか何とかハッパをかけられたらしくて……」

それ以来、彼らは人が変わったように張り切り出したという。

「特高の連中は合言葉のように〝やっぱりクロサキさんの言ったとおりだ、これでクロサキさんもお喜びになるだろう〟──そんなふうに言い合っています」

「クロサキ、さん？」

「内務省の偉いお役人だそうですが、ご存じですか？」

志木は曖昧《あいまい》な笑みを浮かべ、首を横に振った。

「そうそう、うちの特高といえば」鳥井巡査部長は何か思い出したように手を打った。

「先日、県の本部に顔を出した時、特高の連中が興奮した様子で妙なことを言っているのを小耳に挟みました。たしか」

──クロサキさんの言ったとおり、これは第二のゾルゲ事件だ。

「第二のゾルゲ事件？　そう言っていたのですか」

「小耳に挟んだだけなので詳しいことはわかりませんが、特高の奴らが何人かで一枚の写真を取り囲んで『この写真が動かぬ証拠だ』『あとはホソカワをこっちに引っ張ってくるだけだ』とか、何とか。ありゃあ、いったい何だったんですかね？」

鳥井巡査部長は腕を組み、そう言ったあとは首を捻るばかりだった。

4

東京に戻った志木を待っていたのは、父・加島元造が倒れたという知らせだった。元造は近ごろ常宿の一つとしていた新橋《しんばし》芸者のところに泊まり、朝になっても起きてこなかった。宿の者が見に行くと、妙な鼾《いびき》をかいて眠っている。いくら起こしても目を覚まさないので、医者が呼ばれ、脳梗塞《のうこうそく》と診断された。

元造はそのまま病院に搬送された。

連絡を受けた一族の者たちが次々に病院に集まり、志木もその中にいたのだが、昔のまま敵意むきだしの者から、昔のことなど忘れたように如才なく振る舞う者もいて、対応は様々だった。現在の経済状態もまちまちの様子で、全体としては自信なげな、戸惑ったような雰囲気が漂っていた。

一族の者たちが見守る中、加島元造は結局一度も目覚めぬまま息を引き取った。享年八十六。大往生といえよう。薄い白髪をきれいになでつけた元造の赤ら顔は、棺《ひつぎ》の中でさえ、葬儀に集まった者たちよりよほど生気にあふれて見えた。

横浜の菩提寺《ぼだいじ》で三日にわたって行われた葬儀には、驚くほどたくさんの弔問客が訪れた。世間では、この戦時に不謹慎なと眉をひそめる者もあったようだ。どこからも文句が出なかったのは、商売柄、軍服姿の出席者が目立ったおかげだろう。

　葬儀の始末が一通り終わった後、志木は長兄に呼び出された。父・加島元造が一代で興《おこ》した会社を継ぎ、社長の肩書をもつ野瀬《のせ》聡一郎は、もうすぐ六十に手が届く、小柄な、禿《は》げた人物である。年が離れているせいもあって、志木にとっては昔から、兄弟の中では比較的付き合いやすい相手だった。

　聡一郎は会社の社長室に志木を招き入れ、人払いを命じた。長兄は、この数日で十も老け込んだように見えた。父・元造の葬儀の手配もさることながら、異母兄弟姉妹とその母親たち（多くはまだ存命だった）の対応によほど気疲れしたらしい。

　久しぶりに差し向かいに座った長兄は、視線を伏せたままお茶を啜《すす》り、やや言いづらそうに志木に話を切り出した。話とは、志木が今後も一族の会社経営に加わらないのなら縁切りを言い渡す、というものだ。

「もし今後も一族に留《とど》まりたいというのであれば、こちらで椅子を用意する。関連の子会社になるがね」

　長兄の申し出に、志木は苦笑して首を横に振った。

　財産の取り分は母親が生前すでに受け取り済みだ。志木の母はもともと金銭感覚に乏しい人で、人に騙されやすく、療養や葬儀にも惜し気なく金を使ったので、受け取った金はほとんど残っていない。が、自分一人が食っていくだけなら今の職場の給料だけで充分だ。自分としては、これ以上一族にかかわるつもりはない。

志木がそう言うと、長兄はほっとした様子であった。一族と離れて気ままな生活を続ける志木は一族の異端者だ。元造の死後、異母兄弟姉妹、その老いた母親たちから、少しでも自分たちの取り分を増やすべく、志木を一族から追い出すよう圧力がかかっているのは容易に想像がついた。

志木は最後に長兄と握手をして別れた。ふと、この人とはもう二度と顔を合わせることはないだろうと思った。


外で食事を済ませたあと、一人で会員制のバーで飲んでいたので、広尾《ひろお》の自宅に戻ったのは、夜も更けた遅い時間だった。

一人暮らしの、借家住まいだ。最近はいつも帰る時間が遅いので、家のことを任せている雇いの婆さんと顔を合わせることはほとんどない。電話もひいているが、婆さんは耳が遠く、家のことで用事を頼もうと電話をかけても出たためしがなかった。この頃はあちこち手入れの行き届かないところも目立ちはじめ、少し前までなら別に若い書生でも置いて留守番をさせるところだが、この御時世さすがにそんな贅沢は言っていられなかった。

舶来物のウィスキーの瓶とグラスを手に書斎に入った。椅子に座り、片手で黒いネクタイを緩める。グラスにウィスキーを注ぎ、生《き》のまま口に含んだ。シェリー樽《だる》の香が滑らかに喉《のど》を滑り落ちる。志木は、ふう、と一つ息を吐いた。

父・元造の入院と葬儀で慌ただしい日々を送りながら、頭の隅でずっと気になっていたことがあった。

第二のゾルゲ事件。

神奈川県特高《カナトク》の連中が話していた言葉は、いったい何を意味しているのか？

考えるためには、一人になる時間が必要だった。一人で机に向かい、カードに〝わかっていること〟と〝不明なこと〟を記入する。白い紙の上にカードを並べ、カード同士を線で結んで、相互の関係と全体像を把握する――志木は子供の頃からそうしてきた。

グラスを置き、引き出しから未使用のカードと白い紙を取り出して机の上に広げた。

まずは「ゾルゲ事件」について〝わかっていること〟をカードに記入して時系列に並べていく。

昨年来、日本国中を騒がせている国際スパイ団事件だ。

発端は昭和十六年九月二十八日。アメリカ帰りの北林《きたばやし》トモと、その夫が和歌山県で検挙されたことだ。検挙理由は、北林トモが在米中にアメリカの共産党に関係していたというもので、これが治安維持法違反にあたるという。何とも雲をつかむような話だが、誰かが彼女の名前を特高に〝密告〟したらしい。警視庁特高部は二人の身柄を東京に移すとともに、家宅捜索を行った。

十月十日。北林トモと手紙のやり取りがあった宮城与徳《みやぎよとく》を検挙。彼が築地《つきじ》警察署で飛び降り自殺を図ったため、逆に〝何かあるのではないか〟と疑われ、宮城の留守宅を訪問した者が片っ端から調べられた。

その過程で意外な人物の名前があがった。尾崎秀実《おざきほつみ》。元東京朝日新聞記者、満鉄東亜経済調査局嘱託を経て、日華事変勃発後は近衛文麿の相談役《ブレーン》を務めている。近衛内閣での肩書は〝内閣嘱託〟だ。

さらに尾崎の交友関係からリヒャルト・ゾルゲの名前が浮かび上がった。ゾルゲはドイツの有力紙『フランクフルター・ツァイトゥンク』特派員として来日。オットー在日ドイツ大使から全幅の信頼を得て、ドイツ大使館に顧問として頻繁に出入りしている人物である。

もし尾崎とゾルゲが共産主義のスパイだったとすれば、長年にわたって日本の軍事、政治、経済等に関する国策方針ならびに日独関係の機密情報がソ連に筒抜けになっていたことになる——。

アメリカ共産党との関係を調べるという些細《ささい》で曖昧な案件は、ここにおいて急転直下〝国際スパイ団の芋づる式摘発〟という、まったく別の様相を呈することになった。

十月十五日、尾崎秀実検挙。

翌十六日、近衛内閣が総辞職する。

表向きの理由は「対米和戦について、閣内意見不統一のため」だが、実際には国策方針をすべてソ連に流されていた近衛首相の責任を問うものだろう。

翌十七日。重臣会議は近衛に代わって憲兵隊出身の東條英機《ひでき》を後継に選出する。東條は二十四時間で組閣を終え、首相に就任した。東條はその後、陸軍大将に昇進。内閣においては、首相と陸軍大臣、さらに内務大臣を兼ね、軍と警察を一手に掌握する唯一の人物となった。

同月十八日、リヒャルト・ゾルゲ検挙。

その後「ゾルゲ事件」は厳重な報道管制の下で捜査が進められ、多くの事件関係者が検挙された。

事件は七か月の間秘密にされ、翌昭和十七年五月十六日、「国際諜報団《ちょうほうだん》検挙」として初めて概要が公表されると、新聞各紙はとびつくようにセンセーショナルな見出しでこれを報じた。

現在、東京地裁で尾崎とゾルゲの裁判が行われている。状況から見て、二人に死刑判決が出るのは間違いない――。

以上が、現時点で判明している「ゾルゲ事件」の顚末《てんまつ》だ。

志木は机の上に並べたカードを眺め、事件の全体像を頭に入れた。

次は、和田青年から相談を受けた「神奈川県特高事件《カナトク》」だ。最近、彼の友人や知りあいが次々に姿を消した。最大の謎は、東京在住・東京勤務の彼らが、なぜ東京警視庁ではなく、神奈川県の特高に検挙・勾留されたのか、だ。

和田青年から預かったメモによれば、五月二十六日に中央公論社や改造社の編集者、東京に本社がある新聞記者ら数名が検挙されている。

調べてみると、同じ頃、満鉄東京支社調査室からも三名が姿を消していた。検挙日は五月十一日と二十六日。三人とも、やはり神奈川県特高に引っ張られている。

神奈川県警察に長く勤務する鳥井巡査部長によれば〝他にも東京からインテリ風の者が何人も引っ張られてきて、連日激しい取り調べが行われている〟という話だ。

机の上に別々に並べた二組のカードを前にして、志木は首を捻った。

「ゾルゲ事件」の中心は、独大使館に出入りしていたリヒャルト・ゾルゲと近衛首相の相談役を務めていた尾崎秀実の二人だ。彼らは高い地位を利用して得た日独の極秘情報を、友好国・ドイツではなく、敵国・ソ連に送っていた。

関係者の誰もが度肝を抜かれた、大胆不敵なスパイ活動だ。

一方、「カナトク事件」で引っ張られた者に外国人や政府関係者は一人も含まれず、そもそもスパイ事件の要素は見当たらない。

神奈川県特高《カナトク》の連中は、どこに「ゾルゲ事件」との類似性を見ているのか？　なぜ「第二のゾルゲ事件」などという言葉が出てくるのか？

いくら考えても二つの事件の接点が見つからなかった。二組のカードの間に共通する一本の線も引くことができない——。

グラスを取り上げてウィスキーを口に含み、眉を寄せた。

ゾルゲが活躍していた数年前ならともかく、一昨年末の太平洋戦争開始後は外国人による日本国内でのスパイ活動は事実上不可能になった。開戦直前、ほとんどの外国人は政府の勧告を受けて日本を離れた。日本に残った少数の者たちも開戦後は居住地と移動を厳しく制限されている。外国人には、どこに行っても地元住人の疑わしげな目がついてまわる。この状況下で、ゾルゲが行ったような外国人によるスパイ活動は論外だ。

また、現首相の東條英機は関東軍憲兵隊司令官をつとめたこともある〝生え抜き〟〝生粋の〟軍人至上主義者だ。彼が軍外の者——尾崎秀実のような新聞記者や出版社の編集者、ましてや〝アカの巣窟《そうくつ》〟と軍部から罵倒《ばとう》されている満鉄調査室の者など、間違っても相談役に招き入れるはずがない。

情報源の扉が完全に閉ざされている状況だ。スパイ活動もなにも、あったものではない。

（スパイ事件ではないのか？）

志木はグラスを額に当て、真鶴の別荘で昔なじみの鳥井巡査部長から話を聞いて気になった点を、もう一度頭の中で整理した。

特高係の連中は、東京に行った後、急に人が違ったように張り切り出した。

鳥井巡査部長はその点を指摘した。

今年の四月末（五月初旬？）頃、神奈川県の特高係が数名、東京に呼ばれ、内務省の役人と高い飯を食った。彼らを料亭に招いたのは、クロサキという内務省の役人だという。そのときクロサキは「これからは神奈川県特高の働きに期待している」と言って、彼らにハッパをかけた――。

志木は白紙のカードを取り出し、新たに浮かんだ疑問を書き込んだ。

〝内務省の役人（クロサキ？）が神奈川県の特高係数名をわざわざ東京に招いた理由は何か？〟

つながりの見えない二組のカードの間にひとまず置いた。

もう一つ、気になることがあった。

神奈《カナ》川県特高《トク》の者たちは「あとはホソカワをこっちに引っ張ってくるだけ」「この写真が動かぬ証拠だ」そんなことを言っていたという。

文脈からして「ホソカワ」は人名で間違いあるまい。

志木は本棚から資料を取り出し、ページをめくって、該当しそうな案件を見つけた。

月刊総合誌『改造』の昨年八月号と九月号に細川嘉六《ほそかわかろく》の「世界史の動向と日本」なる論文が掲載されている。古代ギリシア・ローマから世界史を説き起こし、今日に至る世界情勢と日本の植民地政策を論じた意欲的な論文だ。

論文は内務省検閲係による事前検閲をパスし、『改造』は無事刊行されたが、発売後に思わぬ横槍《よこやり》が入った。陸軍報道部から、

「この論文は、日本の指導的立場を全面的に否定する反戦主義の鼓吹《こすい》であり、戦時下巧妙なる共産主義の扇動である」

とクレームがついたのだ。細川論文を掲載した『改造』は発売後に発禁処分となり、筆者・細川嘉六は治安維持法違反の容疑で東京警視庁に検挙された。『改造』編集部はその後解散させられ、それまでの〝自由主義的編集方針〟を大きく変更している。

鳥井巡査部長が小耳に挟んだ「ホソカワ」が細川嘉六を指すのだとすれば、カナトクの連中が言う「こっちに引っ張ってくる」は、細川嘉六の身柄を「警視庁から神奈川県警察に移送する」という意味だろう。しかし、東京で勾留中の容疑者を、わざわざ他県に移送する意味がわからない。

わからないという意味では、

――一枚の写真を取り囲んで『この写真が動かぬ証拠だ』と言っていた。

という鳥井巡査部長の言葉の意味も相変わらず不明だった。

写真についてもう少し詳しく、と突っ込んで尋ねたが、鳥井巡査部長は「はっきりと見たわけではないので」と肩をすくめ、「浴衣《ゆかた》姿の男たちが……さあ、六、七人写っていたでしょうか。特に変わった写真には見えませんでしたが……」そう言って首を捻っていた。

浴衣姿の、六、七人の男たちの写真？　ホソカワ？

記憶の隅に何か、かすかにひっかかるものがあった。

五月十一日に〝姿を消した〟一人に、志木と同じ満鉄東京支社調査室に勤務していた西沢富夫《にしざわとみお》がいる。彼もどうやらカナトクに検挙されたらしい。

直接の交流はなかったが、同じ部内だ。そういえば、昨年末、彼が満鉄東京支社内で他の部員たちに写真を見せていた。たまたま通りかかった際、西沢が「隣にいるのがホソカワさん」と周囲の者たちに自慢げに言っていたのを聞いた気がする。浴衣姿の六、七人の男たちの写真。言われてみれば、そんな写真だった。

志木は眉を寄せた。

偶然後ろを通りかかっただけだ。興味もなかったので、ちゃんと見たわけではない。ホソカワさん。浴衣姿の六、七人の男たち。共通点はそれだけだ。そもそも、昨年九月に警視庁に検挙された細川と、今年五月に神奈川県特高に検挙されて〝姿を消した〟西沢では時間が空き過ぎている。やはり同一事件とは考えづらい……。

志木は肩をすくめ、机の上に並べたカードを手荒く掻《か》き混ぜて、脇に押しやった。時間切れ《タイム・アップ》だ。考えるのは明日にしよう。

グラスにウィスキーを注ぎ、喉に流し込んだ。

椅子から立ち上がり、机の上に乱雑に積み重ねたカードに何げなく目を向けた瞬間、暗闇の中で小さな火花が閃《ひらめ》いた。

待てよ。違うのか。

志木はもう一度、椅子に腰を下ろした。

いつものくせでカードを作成し、分類して、事実相互の関係性について合理的な推理を試みていた。だが、実際の行為者は神奈川県特高の連中——取調室に竹刀やステッキ、こん棒、細引き、ホース、バケツなどをもちこみ、被疑者を血まみれにして何とも思わない者たちである。

彼らの行動を理解するのに合理的な推論を用いること自体がそもそも間違いなのではないか？

必要なのは理性的な分析や推論ではなく、むしろ東條内閣流の狂った算術——「2＋2を5にする。これが戦時日本の算術だ」——真顔でそう言って恥じるところのない考え方だ。

志木は机の上に散らばったカードを回収し、いったんすべて手元に納めた。

意識を集中し、神奈川県特高《カナトク》の立場で考える。

問題は、真実はどうなのかではなく、彼らの目にどう見えるかだ。

その前提で、もう一度机の上にカードを並べ直した。

5

「２＋２は５にも７にもなる。これが戦時日本の算術だ」

「日本精神が飛行機を動かしている」

「マルクスがロシア人だと本気で思っている連中ですよ」

「ドストエフスキーの小説を読むとアカにかぶれると真顔で吹聴している」

「バスに乗り遅れるな」

「シキシマの道」

「絶対国防圏」

「足らぬ足らぬは工夫が足らぬ」

「国民精神総動員」

「尊王攘夷特集にはいたく感動した」

「退却ではなく、転進」

「欲しがりません、勝つまでは」

「鬼畜米英」

「撃ちてし止まむ」

……。

必要なのは〝論理ならざる論理〟だ。

今度は、自分でも呆れるほどすらすらとカードを並べることができた。

次に、机の上に広げたカードとカードの間に関係性の線を引いていく。

二組のカードの間で複雑に線が絡み合い、交差して、思いもよらぬカードが別のカードと結ばれていく。

志木は机の上に身を乗り出すようにして、次々に現れる関係性の発見に夢中になった。

〝完成〟までにどのくらい時間を要しただろう。志木はペンを投げ出し、そっと息を吐いた。上体を起こし、机の上に広げたカードの完成図を眺めた。

二組のカード間に引かれた線はいまや有機的に結び付き、一枚の絵図《えず》となっていた。

「ゾルゲ事件」と「カナトク事件」。

二つの事件は見事な相似形をなし、あたかも双子の火炎樹のように並び立っている。

二組のカードの間に引かれた線が描き出す絵図において、事件相互の関係性は一目瞭然《りょうぜん》だった。

志木は完成した絵図の一点に視線を向けた。

――カナトク事件のきっかけは、陸軍報道部が主催する「六日会」だ。

今年四月の「六日会」で、担当の陸軍現役将校は『中央公論』連載中の谷崎潤一郎の「細雪」が「国民の戦意を沮喪させる無用の小説である」と断じ、さらに『中央公論』だけが三月号表紙に「撃ちてし止まむ」の陸軍記念日標語を掲載しなかったことが「反軍的態度である」として糾弾。「中央公論編集部員は、今後一切、大本営陸軍報道部への出入りを禁止する」との旨が言い渡された。

中央公論社側はこれに対し、「細雪」連載打ち切りに加え、編集長の引責休職、編集部の解体、既に編集を終えていた七月号の〝自主廃刊〟の社内処分を申し出て、ようやく出入り禁止処分を解かれた。

しかし、これは本来あってはならない話なのだ。

日本国内の定期刊行物はすべて事前に内務省の検閲係による事前検閲を受けている。『中央公論』三月号も当然検閲済みだった。本来なら、内務省が許可を出した出版物に対して陸軍が口を出すのは、筋違いも甚だしい越権行為だ。

ところが、陸軍報道部のクレームに対して中央公論社側が自ら編集部を解体、編集長を休職させ、七月号を自主廃刊とした結果、〝陸軍の判断が正しく、内務省の検閲は甘かった〟ことになった。

内務官僚にとっては、細川論文で『改造』が発売後に発禁処分となって以来の屈辱である。

そもそも内務省の管轄であった国内思想問題に軍部が口出しすることになったのは「ゾルゲ事件」が原因だ。日本の政策中枢で十年の長きにわたって共産主義国際スパイ団の跳梁《ちようりよう》を許したゾルゲ事件の責任をとって近衛内閣が退陣した後、憲兵隊出身の東條英機が内閣総理大臣と内務大臣、陸軍大臣の要職を一人で兼ねることになった。内務大臣指揮下の特高警察と、陸軍大臣指揮下の憲兵隊が同一の命令系統に属するようになったわけだ。さらにその後、東條が手飼いの憲兵隊（本来の任務は軍内部の非行取り締まり）を反体制的言論を封じる思想警察として用いはじめたことで、国内の言論思想問題に内務省と軍部の判断が二重に働くことになった。

競合する二つの官僚組織は、自分たちが無用と見なされ、組織を縮小されることを何より恐れる。官僚は本能的にミスを嫌う。組織の存在意義を失う可能性があるとすれば尚更《なおさら》だ。

——これ以上はどんな些細なミスも許されない。

内務省では自分たちが抱える事案を改めて洗い直し、神奈川県管内に「第二のゾルゲ事件」に発展するかもしれない案件を見つけだした。確信があったわけではなく、匂う程度だったとしても、わずかな可能性も見逃したくない。少なくとも陸軍に先を越されることなどあってはならない、そう思ったはずだ。

内務省のクロサキという役人が神奈川県特高《カナトク》の連中を東京に招き、料亭で飯を食わせて〝ハッパをかけた〟のも、これが理由だろう。

では、内務省の役人が嗅《か》ぎ出したカナトク案件とはいったい何だったのか？

志木は、今度は内務官僚の目で資料を溯《さかのぼ》り、中に〝それらしいもの〟を発見した。

昨年九月、民間の調査団体「世界経済調査会」資料課主任・川田寿《かわだひさし》氏が神奈川県特高に検挙されている。川田氏はアメリカの大学を卒業後、彼《か》の地で労働問題の研究をしていたが、日米関係が切迫してきたためやむなく帰国。外務省系列の調査機関に職を得、資料課主任として働いていたところ、突然、神奈川県特高に検挙された。検挙理由は、横浜港に到着した際に船会社の倉庫に預けておいた荷物の中から〝共産主義喧伝《けんでん》を目的する書物が見つかった〟というものだ。おそらく何者かの〝密告〟があったのだろう。

同日、川田氏と一緒にアメリカから帰国した定子夫人も検挙された。アメリカの共産党員だったのではないか、という嫌疑だ。その後、川田夫妻の親兄弟や友人たちが次々と引っ張られて、神奈川県警察本部で取り調べを受けている。

「ゾルゲ事件」の発端は、何者かの密告による北林トモの検挙だ。北林トモはアメリカ帰りだった。同じく名無しの権兵衛《ごんべえ》の密告で検挙された川田夫妻もアメリカ帰り。川田夫妻が北林トモと同じ役割を担っている可能性はゼロではない――。

ゼロではない可能性を潰《つぶ》すために、内務省の役人は神奈川県から特高係を東京の料亭に招き、飯を食わせて直接声をかけた。おそらく役人の側では「川田案件にはゾルゲ事件と似た点があるので、今後も充分な監督を続けるよう」念を押す程度の行為だったのだろう。

ところが、慣れない料亭で飯を食い、中央の役人から直接声をかけられたカナトクの側では「内務省は本件を第二のゾルゲ事件と断定した」と受け取った。内務省の偉いお役人直々のお墨付きだ。

東京から戻った彼らは勇んで〝事件〟の調査に入り、関係者を徹底的に洗い出した。その結果が、五月十一日に行われた一斉検挙だ。この時の検挙者は五名。川田氏の勤務先「世界経済調査会」の関係で三名。川田氏の友人で、やはりアメリカで大学教育を受けた後、満鉄東京支社に勤務していた青木了一氏の関係で満鉄東京支社からも二名が引っ張られている。

ここで例の写真が現れる。

志木はウィスキーの入ったグラスを取り上げ、机の上に並べたカードを結ぶ複雑に絡み合った線の行方を目で辿った。

満鉄東京支社調査室に勤める西沢富夫の家宅捜索を行ったところ、一枚の写真が押収された。

浴衣姿の七名の男たち。写真の中央、西沢の隣に写っている、年配の眼光鋭い小柄な人物は、調べたところ細川嘉六なる評論家であった。

押収された写真を見て、神奈川県特高は俄《にわ》かに色めき立った。

細川嘉六はまさに、先日東京に招かれた際、内務省のクロサキさんが話題にしていた人物だ。

「ホソカワのせいで、我々は煮え湯を飲まされました。図書検閲係が彼の論文の冒頭を読んでまんまとだまされたのです。ここだけの話ですが、あれは本来許可を出すべき論文ではありませんでした」

忌ま忌ましげに眉を寄せ、そんなふうにぼやいていた。

――クロサキさんを困らせるような奴は、反社会的な極悪人に決まっている。細川嘉六が本件の主犯。彼らの狙いは共産党再建準備だ。この写真が何よりの証拠である。

勢いづく神奈川県特高は同月二十六日、二度目の一斉検挙を行った。

検挙対象は写真に写っていた者たちとその撮影者だ。細川を含む三名は既に検挙済み。残る五名は全員が出版社、新聞社勤務。細川と普段から親しくしている若い編集者だった——。

以上が、中央公論社の若き編集者・和田喜太郎をパニックに陥れ上野の動物園に志木を呼び出すことになった「カナトク事件」の真相だ。

志木は頭の後ろで手を組み、椅子の背にもたれかかった。

天井を見上げ、詰めていた息を吐き出す。

視線だけ動かして、机の上の絵図をもう一度確認した。

すべての線が見事につながっている。思いもかけぬ形で予想外の方向に伸び、絡まり合う線は、ある意味〝美しい〟とさえいえた。

美しい絵図、完成された事件の見取り図だ。但し、すべては思い込みと妄想、論理ならざる論理に基づいて引かれた線が生み出した、実際には存在しない幻の事件である。

——これを「第二のゾルゲ事件」と呼ぶのは、いくらなんでも馬鹿げている。

志木は唇の端に皮肉な笑みを浮かべた。

神奈川県特高《カナトク》は〝スパイごっこ〟ならぬ、〝スパイ取り締まりごっこ〟をしているだけだ。写真一枚を根拠に検挙ができるのなら、なんでもありだ。物音に怯《おび》えた子供が闇夜に鉄砲を撃ちまくり、明るくなったら死屍《しし》累々、味方や親兄弟まで殺してしまったことに気づいて呆然《ぼうぜん》とするようなものであろう。

明らかに、内務省の役人の言葉を過剰に忖度《そんたく》した神奈川県特高係の暴走だ。見方を変えれば、内務省の役人の不用意な言動がひき起こした失敗案件ともいえる……。

志木は頭の上に両手をあげ、大きく一つ伸びをして椅子から立ち上がった。

作業に集中していたので時間の感覚がうまくつかめない。〝狂った算術〟に長時間思考を委《ゆだ》ねていたせいで、ひどく疲れた。首を回すと、案の定、硬くこわばっていた。

ふと、書斎入り口の花瓶台の上に郵便が積み重ねられているのが目に入った。

また、だ。

志木は小さく舌打ちをした。

留守宅の家事を任せている婆さんには、書斎の花瓶台の上に郵便を置きっぱなしにする癖がある。届いた郵便は書斎の机の上に重ねて置くよう、何度言っても直らない。昨日も同じ場所に置いてあった。婆さんには洋風の花瓶台の用途が理解できないらしい。

志木は郵便物を取って書斎机に戻った。

確認した順に机の上に放り投げる。もしくはゴミ箱にたたき込む。どうせ、たいしたものは来ていない。店の案内状や請求書、頼んでおいた古書目録、それに——。

一枚の葉書に気づいて、動きを止めた。

芸をする象の絵葉書。写真に彩色したものだ。裏を返すと、上半分に住所と宛て先、下半分には「お久しぶりです。お元気ですか」といった、どうでも良い閑文字が連ねてあった。差出人の名前は「オザキ」とあるが、見覚えのある文字は和田青年の手跡で間違いない。

もう一度葉書を裏返す。

芸をする象の絵は前に来たものと同じ構図だが、微妙に印象が違う。

すぐに気づいた。

象の絵をぐるりと取り囲むように縁飾りが描かれている。手書きで添えられた縁飾りは、注意深く見なければわからないが、数字の組み合わせになっているようだ。

暗号か。面倒だな。

そう思いながらも、気がつくと解読にとりかかっていた。

和田青年と暗号について交わした会話を思い返す。

数字の暗号……。

予め取り決めた親本のページと行数に合わせて数字を文字に変換するコードブック方式だ。

問題は何を親本とするかだが——。

聖書？　いや、違うな。あの時話題になったのはダンテの『神曲』、それから……。

志木は葉書を手に立ち上がり、書斎奥の本棚に向かった。

家具付きで借りた家の本棚には改造社の円本が一揃い残されていた。前の借り主が買い揃えたものの、引っ越しの際に古本屋に引き取ってもらえなかったものらしい。いまや東京の古本屋には同じ揃いの円本が溢れている。改造社の円本は、一時期それほど売れた。

『現代日本文学全集』第一回配本は「尾崎紅葉」。絵葉書の差出人の名前「オザキ」がヒントというわけだ。

志木はフンと鼻を鳴らし、本棚から目当ての一冊を抜き出した。

改造社の円本『現代日本文学全集』は三段組み。縁飾りを模して書かれた三個の数字の組み合わせは、ページと段、行数に対応する。数字を順に文字に置き換えていく。

「13－3－24」は「朝」、「3－1－16」は「い」、「18－3－1」は「し」、「20－3－14」は「春」……。

書き取った文字を確認して、志木は眉を寄せた。

朝いし春よもきえた（浅石晴世《あさいしはるよ》も消えた）

「浅石晴世」は中央公論社に勤める若手編集者で、たしか和田青年と同い年。以前に結核をやったことがあるらしく、線の細い、見るからに体力には自信のないタイプだ。東大国史科卒。志木や和田青年と同じ政治経済研究会のメンバーで、直接話をしたことはないが、顔くらいは知っている。

暗号文から、和田青年の怯えた様子がひしひしと伝わってきた。

まるで闇の中に吸い込まれていった感じです……。

(浅石が、神《カ》奈《ナ》川県《ト》特《ク》高に検挙された?)

志木は首を傾げた。

和田青年から調査を依頼されたカナトク事件の謎はすべて解けたはずだ。浅石晴世の名前は、志木が描き出した事件の見取り図には含まれていない。

何を見落とした?

振り返り、窓にかけた分厚いカーテンの隙間から明るい光が差し込んでいることに気づいた。いつの間にかすっかり夜が明けていたらしい。

窓に歩み寄り、カーテンを開け放った。

眩しい光に目を細める。

改めて書斎机を振り返り、はっと息を呑んだ。

机の上に、見知らぬ絵図が置かれていた。

いや、そうではない。朝日の中で白黒が反転して見えただけだ。しかし——。

一晩かけて志木が描き上げた絵図が、まったく別の見知らぬものに見えた。

若い女性の姿絵が、視点を変えることで死神の顔に変わる。

騙し絵だ。

そう思った瞬間、背筋にぞっと冷たいものが走った。

6

机の端に両手をつき、カードの上に身を乗り出して、一晩かけて描き上げた絵図を改めて点検した。

複雑に絡み合う線と線を、端から端まで目で追いかける。

〝論理ならざる論理〟と〝狂った算術〟を基に、カードの間に線を引いて仕上げた「第二のゾルゲ事件」の見取り図だ。だが――。

これではまだ足りない。

志木は奥歯を嚙《か》み締めた。

志木が用いた〝狂った算術〟は「2＋2を5にも7にもする」というものだ。その非合理に身を委ねたつもりだった。だが東條内閣の〝狂った算術〟には、まだその先があった。

2＋2を80に。

特高の取り調べで明らかになるのは真実ではない。重要なのは、彼らが思い描く断片的な現実を自白させることだ。それ以外の事実は存在しない……。

和田青年から送られてきた絵葉書に今一度目を落として、あることに気づいた。

改造社の円本、『現代日本文学全集』第一回配本は「尾崎紅葉」。絵葉書の差出人の名前「オザキ」がヒント。

さっきはそう思った。だが「オザキ」のヒントなどなくても暗号は解ける。和田青年との会話で充分だ。すると――。

志木は別の可能性に思い当たり、白いカードを何枚か取り出した。新たに検挙された「浅石晴世」のカードを作成し、事件の見取り図に加える。事件と浅石晴世の合理的なつながりなどむろん存在しない。

但し「2＋2＝80」の世界では別だ。

志木は「尾崎秀実」と書いたカードを絵図の右上に置いた。近衛内閣で相談役を務めていた尾崎はゾルゲ事件で中心的人物と目される一人だ。

尾崎秀実はかつて「昭和塾」で講師を務めていた。

浅石晴世とは学生時代「昭和塾」で一緒でした。彼とはそれ以来の付き合いです。

そんな話を以前、和田青年から聞いた覚えがある。

尾崎秀実――昭和塾――浅石晴世。

検挙理由がその線を辿るものだったのだとすれば……。

志木はさらに何枚かのカードを作成して見取り図に加えた。カードとカードの間に関係性を示す線を書き足す。「事件」の領地は、コップの水をこぼしたように机の上の絵図を侵食し、どこまでも広がっていく。

ポイントは、やはり「昭和塾」だ。

尾崎秀実逮捕後「昭和塾」は解散したものの、その役割を惜しむ者たちによって名前を変えて続けられている。

和田青年や志木が参加する「政治経済研究会」だ。

新たに作成した「第二のゾルゲ事件」の見取り図には、志木や和田喜太郎その他十名ほどの政治経済研究会のメンバーの名前が含まれていた。しかし。

いくら何でも馬鹿げている。

志木はペンを投げ出し、苦笑した。が、頬が引きつっているのが自分でもわかった。

特高にとって重要なのは真実かどうかではない。

志木は勤め先や仲間内で〝ヴォアイヤン〟と呼ばれている。幻視者、傍観者の意だ。自分でも悪くないあだ名だと自惚《うぬぼ》れていた。だが、アポロンから未来を幻視する力を与えられたトロイアの王女カサンドラは、故国の破滅を予言しながら誰にも信じてもらえず、奴隷に身を落とし、最後は異郷の地で首を斬《き》られて無残に殺されたのではなかったか？

大日本帝国憲法第二十三条には「日本臣民は法律に依《よ》るに非《あら》ずして逮捕監禁審問処罰を受くることなし」と定められている。

だが、二年前に改正・施行された治安維持法に予防拘禁条項が導入されたことで「法律に依るに非ずして」の制限が消された。特高や憲兵が〝疑わしい〟と思った時点で「逮捕監禁審問処罰を受くる」状況が生じることになった……。

神奈川《カナ》県特高《トク》がやっているのは、まさにそういうことだ。治安維持法改正によって彼らは文字通り何でもできる力を得た。頑是無い子供に殺傷性の高い武器を渡したようなものだ。

日本のインテリたちは——少なくとも志木を含む「政治経済研究会」のメンバーは、こうなることを知っていた。知っていながら何も手を打ってこなかった。たんなる酒の上の笑い話にしてきた。

研究会のメンバーの間でよく知られた問題がある。

一般市民の間に紛れ込んだ敵兵からの攻撃を防ぐためにはどうすればよいか？

答えは「皆殺し」だ。

一般市民ごと敵兵を皆殺しにすれば、味方の被害はなくなる。答えとしては間違ってはいない。まさに〝狂った算術〟だが。

日本国民にとって重要なのは真実かどうかではない。

世の中を反知性主義が席巻《せっけん》している。

インテリ連中が、自分たちは特別だと思い上がった結果、引き起こされた事態だ。

〝ヴォアイヤン〟。見る者。傍観者。未来を幻視する王女カサンドラ。理解し、批評しているだけでは、いつしか闇に呑み込まれる。自分も巻き込まれる……。

さっきから、ドアが激しくノックされていた。

志木はぼんやりしたまま立ち上がり、玄関に向かった。

途中、無意識に手にした絵葉書の消印を確認する。

十日以上前の日付だ。和田青年が投函《とうかん》した後、志木のもとに届けられる前に、誰かがこの葉書を捻くり回していたということだ。

志木の死んだ父親・加島元造は良くも悪くも神奈川県警察に顔がきく人物だった。

父の葬儀を終え、一族から縁切りを申し渡された途端、和田青年からの絵葉書が届けられた。意味するところは明らかだ——。

ドアを開けると、腫れぼったい顔をした男がすぐ目の前に立っていた。男の背後に数名、目付きの尋常ではない男たちが控えている。

「志木裕一郎だな」

無言で頷くと、男は表情一つ変えることなく志木の腕を捕らえた。「聞きたいことがある。神奈川県警察本部まで来てもらおう」低い声でそう言った後、志木が手にしている絵葉書に気づいて取り上げた。

「これは証拠物件として押収する」

男の合図で、開けたままのドアから他の男たちが次々に家の中になだれ込んだ。

足下に配達されたばかりの新聞が落ちている。男たちに蹴飛《けと》ばされ、バラバラになった紙面を呆然と見下ろしていた志木の目が、ふと、一つの記事に吸い寄せられた。


上野恩賜公園動物園の猛獣、空襲に備えて処置。

対象は、ライオン、クマ、ヒョウ、トラ、チーター、ニシキヘビ、アメリカヤギュウ、インドゾウ……。


なんてことだ。

志木は正面から殴りつけられた気がした。

こいつらは人間を拷問するだけではあきたらず、あの優美でしなやかな姿をした動物たちを——あの優しい目をした利口な象たちまで殺すつもりなのだ。

脳裏に、繊細な芸をする上野動物園の象たちの姿が浮かんだ。夢中になって見入っているのは、子供の頃の志木自身の姿だ。

自分は、あの象たちさえ救えなかった。

とんだ〝ヴォアイヤン〟、未来を幻視する王女カサンドラだ。

志木はゆるゆると首を振った。

家の奥に目を向けると、男たちが乱暴に家具を引っ繰り返し、隠されているものがないか手当たり次第調べて回っていた。おそらく今頃は、和田青年や他の「政治経済研究会」のメンバーのもとにもこの連中が——神奈川県特高《カナトク》が踏み込んでいるはずだ。

今回〝消える〟ことになるのは八人、あるいは九人か。

助言しようにも、もう遅い。

志木は目を閉じた。

俺たちは動物園の象以下の存在だ。

足下から雀の群れがぱっと飛び立つ。

虐殺が始まった。

赤と黒

1

扉を開けた瞬間、凄《すさ》まじい異臭が鼻をうった。

反射的に右腕を顔の前に上げ、肘《ひじ》を曲げて鼻と口を覆う。

汗と垢《あか》、糞尿《ふんにょう》、吐瀉《としゃ》物の臭いが入り混じった恐ろしく不快な空気が、薄闇の中にどろりとしたスープのように淀《よど》んでいる。

東京中野にある豊多摩《とよたま》刑務所内拘置所。

未決既決を問わず長期収容者を留め置く場所として使用されている施設だ。

薄闇に目が慣れるのを待って案内の刑務官を促し、彼の後について建物の中に足を踏み入れた。服の袖《そで》で覆っていても、不快な臭いは容赦なく流れ込んでくる——。

今回の視察は極力短時間で切り上げた方が良さそうだ。

「この先は足下にお気をつけ下さい……滑りますので」

前を歩く小柄で猫背の刑務官が、首だけで振り返って低い声で注意した。

通路に視線を落とし、磨き上げた黒い革靴の周囲に目を凝らす。

大小さまざまな人の足跡が浮かんで見えた。足跡はどす黒い赤か、濁った黄色。どちらかの色をしている。

「血と膿《うみ》ですよ。拭《ふ》いても拭いてもきりがない」

刑務官はうんざりしたように首を振った。囚人たちには靴は支給されず、この上を裸足《はだし》で歩かされているらしい。

先に進むにつれ、建物の中は囚人たちがあげる呻《うめ》き声があふれはじめた。

あー、あー、苦しい、苦しい、痒《かゆ》い、どうにかしてくれ、助けて、死んでしまう、医者を呼んでくれ、助けてくれ……。

人のものとも獣のものとも知れぬ、意味不明の低い唸《うな》り声が聞こえる。

バタバタと人が立ち騒ぐ気配があり、通路に面したドアが一つ、内側から開いた。担架が運び出される。

脇を通り過ぎる際ちらりと見えた担架の上の男は、ぽっかりと目と口を開き、すでに息をしていない様子だった。薄汚いシャツが血で真っ赤に染まり、半身が糞尿にまみれている。

「蚤《ノミ》や虱《シラミ》、蚊、ダニ、南京虫《ナンキンムシ》の仕業ですよ」

案内の刑務官は担架を見送り、何でもないように説明した。

「あとは、疥癬《かいせん》。こいつにやられると、恐ろしく痒いみたいですな」

他人《ひと》ごとのような口ぶりの刑務官の話では、疥癬に冒された者たちは痒さのあまり自分で全身を掻《か》き毟《むし》り、支給品のシャツをすぐに血だらけにしてしまう。あげく、朝見回りに行くと、ベッドから転がり落ちて、自分で漏らした糞尿にまみれて死んでいる者があとを絶たない……。

「我々としても、やれるだけのことはやっているのですがね。こんな場所じゃ、どうしたってそのあたりの事故は避けられません。拷問ではないので、どうぞご心配なく」

小柄な刑務官は軽く首をすくめ、ずるそうに小さな眼を光らせた。上体を傾け、にじり寄るようにして小声で付け足した。

「どうせアカの連中だ。わざと殺したんじゃなけりゃ、どこからも文句は出ない。いつものことだ。そうですよね、クロサキ参事官」

2

内務省に戻ったクロサキは、部屋に入り、己のデスクの上を一瞥《いちべつ》して、顔をしかめた。大量の書物や書類が未決箱に積み上げられている。半日留守にしただけでこの有り様だ。

脱いだコートと帽子を窓際の帽子掛に預け、椅子に座って未決箱を引き寄せた。

書類はすべてチェック済み――下の者たちが一度、もしくは二度確認して、承認印をもらうために上げてきたものだ。問題となる箇所に付箋《ふせん》が貼られ、赤線が引いてある。

チェックの目的は〝共産主義的言説のあぶりだし〟だ。

公の出版物はすべて内務省図書課検閲係による事前審査を経ている。基準は厳格だ。文章中に「必然」の文字を使ったもの、あるいは一見建設的な意見を述べているようでも社会を客観的に観て資本主義的機構の特質と結び付けて考えているもの、「科学的」「客観的」「封建的」などの言葉を用いているものも、すべて「共産主義的イデオロギーである」として掲載が拒否され、執筆者に監視をつける方針が定められている。

それでもなお検閲の目をかいくぐって共産主義的言説が世の中に流布している――少なくとも、昨今の日本国民の多くはそう思っているらしい。

机に積み上げられた書類や書籍のほとんどは、一般国民からの密告にもとづくものだ。

クロサキが最初に手にした書類では、先日総合雑誌に掲載されたある論文が槍玉《やりだま》に上げられていた。滅私奉公、挙国一致を華々しく謳《うた》った内容は、一見なんの問題もない――むしろ典型的な国威発揚論文に見える。だが、匿名の密告者によれば「それは見せかけ」だという。

〝本論文執筆者は国家に柔順なる仮面の下に恐るべき危険思想を隠している。その証拠が「ニホン」という振り仮名で、論文全体では三か所も見受けられる。これは我らが大日本帝国《ダイニッポン》を侮辱し、皇国の内情を破壊せんと企てるものである。本論文の掲載雑誌を直ちに発売禁止とし、執筆者を即刻逮捕、訊問《じんもん》すべきである。〟

匿名の密告者はそう主張していた。

論文にざっと目を通すと、三か所の「ニホン」の振り仮名に赤線がひかれ、「執筆者呼び出し。要厳重注意」と部下による処分方針案がメモしてあった。

承認印を捺《お》して、既決箱にほうり込む。

最近はこの手の密告が、やたらと増えた。先日は、

〝「はたらけどはたらけど猶《なほ》わが生活《くらし》楽にならざりぢつと手を見る」なる短歌は、支払われざる労働対価を民衆に吹聴《ふいちょう》するもので、共産主義的主張にほかならない。作者を逮捕すべきである。〟

という匿名の密告があった。が、短歌の作者・石川啄木はとっくに死亡していて逮捕も取り調べも不可能。むしろ「民衆」や「労働対価」などという用語を使う方が怪しいということになり、密告者が特高に引っ張られた。匿名などどうわべだけで、身元などすぐに特定可能だ。それでも匿名の密告は増える一方だった。

クロサキは次の書類を引きだし、相変わらず未決箱に山積みの案件に目を向けて軽

く眉《まゆ》を寄せた。

ほんの数年前までは、社会の中で眼を光らせる素人密告者《スパイ》の獲得に多額の機密費を投入し、また養成にずいぶん手間もかかったものだが、この一、二年は匿名の密告が多くなりすぎて、むしろどうやって情報を篩《ふるい》にかけるかの方が省内で問題になっている——。

ノックの音で我に返った。

失礼します。

ドアが開き、顔色の悪い、痩《や》せた、影のような男が顔を出した。最近クロサキの下についた部下だ。午後の分です。男はそう言って、書類箱に入った大量の書類を運び入れた。

未決箱に、たちまち新たな書類が積みあがる。

既決箱の中身を回収し、無表情のまま一礼して立ち去ろうとした男が動きを止めた。視線を追うと、応接用のローテーブルの上に読みかけの本を置いたままだった。

表に執筆者の名前が見える。

「三木清《みききよし》、ですか？」

部下の男が小さく呟《つぶや》いた。

「たしか、陸軍から雑誌等への論文掲載禁止処分を受けている人物ですよね」小首を傾げ、上司の顔を窺《うかが》うようにして尋ねた。

「この男が、また何か問題でも？」

「何でもない。ちょっとした確認だ」

クロサキは手元の書類に視線を落とし、承認印を捺しながら逆に尋ねた。

「例の作戦はどうなった」

「……タカクラの件でしたら、現在進行中です。そろそろでしょう」

「本人に気づかれてはいないだろうな？」

まさか、と部下の男はわざとらしく肩をすくめて答えた。「参事官ご自身がお立てになった作戦です。気づかれるわけがありません」

見え透いた追従《ついしょう》に、クロサキは眉をひそめた。

この数年、特高の検挙率が目に見えて低下していた。

わが国から共産主義分子を芟除殲滅《さんじょせんめつ》してきた〝無菌化〟の結果で、それ自体喜ばしいことのはずだ。が、ここに来て内閣や軍部から数字の低下を非難する声があがっていた。先頃はついに首相自ら警視庁を訪れ、「今年はもうないのか」と督促する有り様だ。

だが、検挙しようにも、非合法の共産党はとっくに壊滅状態だ。共産党への協力者はむろん、共産主義思想への同調者もほぼ狩り尽くされている。

言論空間から共産主義的言説は根絶やしにされ、さらに自由主義的発言や反戦・反軍的言説、似非《えせ》宗教にまで取り調べ対象を広げてきたが、いかに融通無碍《むげ》な解釈を可能とする治安維持法をもってしても検挙対象はもはや枯渇状態だった。国民の間に相互監視と密告を奨励し、身近な共産主義、自由主義、反軍反戦主義を告発するようキャンペーンを展開しているが、個人的な好悪や思い込みによる〝密告〟が多く、情報を篩《ふるい》にかける手間が増えるばかりで、成果を上げるにはほど遠い。俗な言い方をすれば、無い袖は振れない状況だ。

それでも、軍部や首相の意向を無視するわけにはいかず、内務省の発案、主導で、ある作戦が講じられることになった。

すでに検挙し、取り調べ中の共産主義者をわざと一度〝泳がせる〟。

作戦のポイントは、当事者にはこれが罠《わな》だと気づかせないことだ。

あくまで自由意志で〝泳いで〟もらう。

作戦はまず、恐怖心を植え付けることからだ。例えば、差し入れの弁当の包み紙に新聞を利用する。勾留中のインテリ連中は文字に飢えている。包み紙の新聞を隅から隅まで必ず読んでいる。新聞には、ドイツの共産主義者が秘密警察《ゲシュタポ》の取り調べの最中に激しい拷問を受けて撲殺された記事が掲載されている。新聞を読んだ者は自分の身に引き付け、恐怖に震え上がることになる。

一方で、取調官には間抜けを装わせる。腹を壊したふりで、たびたび席を外させる。リアルな恐怖と逃亡の機会を与えられた者は、自由意志で逃亡する。

監視を付けた状態で被疑者を逃亡させ、ある程度の期間〝泳がせる〟。事前に与える情報を操作し、要所要所に制服警官を配置すれば、逃亡経路はほぼ百パーセント推定可能だ。自分では自由意志で逃げているつもりなのだろうが、仕組んだ側から見れば面白いように予《あらかじ》め定められたルートを辿《たど》る。人間の自由意志など、所詮《しょせん》はそんなものだ。

対象が接触した者はすべて検挙する。逃亡者隠匿、逃亡幇助《ほうじょ》。逃亡者＝非転向の共産主義者だ。接触した相手が共産主義を奉じているか否かは、このさい問題ではない。

作戦は〝家鴨作戦《アヒル》〟と名付けられた。飛べない家鴨は不恰好《ぶかっこう》な姿でよたよたと歩き回る。容易につかまり、仲間ともども食用に供される。

家鴨作戦が始まると、検挙者数は目に見えて増加した。もっとも、検挙後、彼らをどうするかは、また別の話である。刑務所は、既にどこも満杯だ。予算不足による獄中環境の悪化を懸念する声もあがっている。ほとんどの者は、短期勾留後、釈放する。目先の検挙率を上げるのが作戦の目的だ。軍部や首相から文句を言われなければ、それでいい。

但し、〝家鴨〟に本当に逃げられたのでは元も子もない。作戦五回目。今回の対象は〝タカクラ〟なる人物だ。

「くれぐれも慎重に」

「わかっています」

部下の男は口元にちらりと笑みを浮かべ、軽く頭を下げて部屋を出て行った。

ドアが閉まった瞬間、微《かす》かな疑念が頭の隅をかすめた。何か重要なことを見落としているのではないか、そんな気がしてならなかった。

椅子から立ち上がり、机の前を横切って応接用テーブルの前に移動する。

先程部下の男が目に留めた本に手を伸ばした。『パスカルに於《お》ける人間の研究』。十九年前、三木清が二十九歳で発表した処女作だ。

本を開き、ページに指を滑らせる。

……雑誌等への論文掲載禁止。

そう呟いた時の部下の皮肉な笑みが脳裏に浮かんだ。

かつて在野の哲学者・批評家として名を馳《は》せた三木清は、昨今は軍部のみならず、新聞や雑誌関係者、帝大教授連中からも軒並み疎まれ、忌み嫌われている。

内務省参事官。特高警察を一手に掌握し、国内思想問題を管轄するクロサキが、今も時折三木清の著作を開き、そのたびに舌を巻く思いでいることなど、口が裂けても言えるわけがなかった。

3

　クロサキが高等文官試験を経て内務省に入省したのは昭和二年――。その後のクロサキの官僚としての経歴は、内務省が管轄する特高と治安維持法の歩みにぴたりと重なる。

　特別高等警察（通称〝特高〟）は、通常犯罪を扱う一般警察とは別に、専《もっぱ》ら思想犯罪を取り扱うべく設けられた警察組織の一部門だ。設立当初は主に〝過激な社会主義運動〟が取り締まりの対象だったが、日本共産党がソ連共産党《コミンテルン》の指示により「天皇制廃止」「国体変革」を党是に掲げるに及んで、矛先を共産主義に転じた。

　もう一つの伴走者、治安維持法は大正末に普通選挙法と抱き合わせで制定された。制定当初はわずか七条のみ、かつ「（この法律は）伝家の宝刀であり、頻繁に用いるようなことはおよそ有り得ない」との政府答弁を前提に成立したものだ。が、クロサキが入省した昭和二年、「京都学連事件」が国内初の適用事例となったのを皮切りに、特高と治安維持法を組み合わせた巨大な歯車が回りはじめる。

　翌年三月十五日、初の普通選挙が行われた直後、特高は全国の共産党、労農党など無産政党関係者一千五百人余りを一斉検挙する。その後「緊急勅令」の形で法改正が行われ、「目的遂行の為にする行為」という曖昧な文言が加わったことで、治安維持法と特高の守備範囲が一気に広がった。

昭和三年の治安維持法違反による検挙者数は三千四百名。

翌年はさらに四千九百名に跳ね上がる。

年を追うごとに検挙者数は増加し、満州事変が始まった昭和六年にはついに一万人を超えた。

検挙実績に伴い、特高組織は年々膨張する。〝取り締まりに必要〟という理由を付せば、予算は要求額から一銭も削られることなく満額支給された。機密費も実質上〝取り放題〟だ。

当時、クロサキが籍を置く内務省警保局の職場の雰囲気は驚くほど明るく、また活気に満ち溢《あふ》れていた。自分たちは天下国家の仕事をしている、有害なアカ思想を取り締まることでこの社会を良くしているのだという自負があった。

各県に配属された特高係の者たちも思いは同じだったはずだ。内務省警保局と各県警察特高係が一体となり、全員が「国体変革を企てる悪逆不逞《ふてい》の輩《やから》を徹底的に取り締まる」という社会的正義感と気負いに溢れていた。社会正義と個人的な正義感が完全に一致し、その実現過程が日々の仕事となるような職場はめったにない。

寝る間もないほど忙しかったが、皆、仕事にやり甲斐《がい》を感じていた。

最初の数年で〝国体の変革を目論《もくろ》む〟日本共産党は壊滅させた。

次なる目標は「共産党の貯水池」と目される外郭団体だ。国体を破壊する危険分子は、萌芽《ほうが》のうちに摘み取らねばならない。日本労働組合全国協議会、日本プロレタリア文化連盟、日本赤色救援会、日本労農弁護士団、大学教員、裁判官。探せばいくらでもあった。各県の特高からは、工場労働者、農民、小学校の教員たちに至るまで赤化の波が及んでいるという驚くべき事実が報告された。

治安維持法を武器に、特高はアカい連中、さらにはアカがかった者たちを次々に挙げていった。その度に、これで世の中が少しずつ良くなっているのだと信じられた。

……歯車が狂い始めたのは、いつの頃からだったか。


特高では、設立当初から取り調べ過程での行き過ぎが問題になっていた。現場の者たちには被疑者に対して「どうせこいつらは不逞の輩、社会の敵だ」という認識があり、刑事訴訟法を無視した前近代的な取り調べがしばしば行われた。過激な取り調べは特高に限ったことではない。が、一般警察では強盗や殺人といった凶悪犯罪であっても、被疑者の話を聞くうちに、彼がなぜ犯罪に至ったのか、事情を理解することが原理的に可能だ。盗人《ぬすびと》にも三分の理。情状酌量が生まれる余地もある。

ところが特高警察では、国体変革を目論む危険な共産主義者を理解すること、三分の理を認める途《みち》がそもそも禁じられている。彼らは悪《アカ》だ。絶対的悪だ。彼らを理解してはならない。その前提で行われる取り調べは、往々にして必要以上に過激なものとなった。

治安維持法が運用され始めた当初、昭和一桁の頃は、特高の行き過ぎた取り調べが国会でも問題になり、答弁に立った内務次官が取り調べでの違法な暴力行為——拷問——を否定する一幕もあった。が、その後、取り調べ過程での暴力行為はなし崩し的に常態化し、ついには死者を出すに至る。

クロサキら内務官僚は報道規制で事実の隠蔽《いんぺい》を図る一方、現場に対して「被疑者取り調べの目的はあくまで思想善導にあり、死亡事故につながる暴力行為は極力避けるように」との通達を出した。

この通達はしかし、現場で逆の意味に受け取られる。彼らは〝拷問の証拠を残すな〟〝被疑者死亡の事態が生じた場合は、警察署内ではなく別の場所になるよう工夫しろ〟、そう言われたのだと忖度《そんたく》し、正確な報告が上がってこなくなったのだ。

現場の対応としては、やむを得ない面もあった。

組織が肥大化し、特高の人員は大幅に増加した。東條内閣誕生後は憲兵隊が国内思想問題にまで職域をひろげ、陸軍情報局とともに言論取り締まりに精を出している。

だが、そもそも取り締まり対象の共産党はとっくに壊滅、共産主義者自体が塀の外に存在しない状況なのだ。数少ない事案を巡って特高と憲兵が現場ではち合わせして容疑者を奪い合う、笑うに笑えない事態が起きていた。

そんな状況下でも、組織維持のためには実績を上げ続けなければならない。あげく、首相から「今年はもうないのか」と直々に催促される始末だ。現場が相反する指示に混乱し、逆の意味に忖度したのは、ある意味仕方のないことだった。

検挙者数はノルマとなり、ノルマ達成のためには疑わしい捜査も次々と承認された。この数年、上がってくる報告書の中には、どう考えても不自然な自白としか思えない事例が数多く交じっている――。

先日、クロサキは信頼する部下に命じてひそかに内部調査を行った。

結果は慄然《りつぜん》たるものであった。治安維持法違反容疑での検挙数はこれまで六万五千件余り。内、起訴となったのは十分の一の六千五百名ほどだ。検挙から起訴までの間に〝取り調べ中の過度な暴行が原因〟と目される死亡案件が数十あった。

少なくとも数十名が拷問死しているということだ。

また、これとは別に拘置所内と付属病院での死亡が千数百件あった。詳しくは個別の確認が必要だが、かなりの確率で過度な取り調べによる怪我と衰弱、拘置所の劣悪な環境が原因となった傷病死と見て間違いあるまい。

日本国内では治安維持法を根拠とする死刑判決は、これまで一件も出ていない。

〝死刑判決ゼロ〟と〝死者千数百名〟の間に存在するのは〝特高の苛酷《かこく》な取り調べ〟と〝拘置所の劣悪な環境〟だ。万が一、後で問題になった場合、特高及び拘置所を管轄する内務省の責任が問われることになるのは避けられない。

クロサキは部下に命じて作成させた分厚い資料をめくりながら、そこに記された具体的な名前にいくつか見覚えがあることに気づいた。クロサキの母校、東京帝大の同窓生だ。顔や話し方を直接思い出せる者も少なくなかった。

一方で、警視庁はじめ各県の警察官僚上層部など、取り締まる側にも一高や帝大の同窓生たちが大勢名前を連ねている。同じ学び舎《や》に集《つど》い、時に口角泡を飛ばして議論し、時に酒を飲んで馬鹿話に興じていた若者たちが、ある者は取り締まる側に身を置き、ある者は検挙されて拷問を受け、獄死させられている。

赤と黒。

共産主義者と国家主義者。

取り締まられる者と取り締まる者。

殺される者と殺す者……。

どこで途《みち》が分かれたのか？

クロサキは無表情な官僚の仮面のまま、わずかに首をかしげた。

馬鹿げている、とは思わなかった。

上から命じられた政策の是非は問わない。目的達成のためにいかに効率よくことを進めるかを考えるのが、官僚の仕事だ。但し、後で問題になった場合、自分たちの組織が責任を問われることだけは何としても避けなければならない。

報告書の数字から読み取れるのは、行き場を失って自家中毒を起こし、すでに腐臭を放ち始めている巨大組織の現状だった。

戦局が悪化するにつれ、内務省や特高からかつての生き生きとした明るい雰囲気が消え失《う》せ、代わりに戸惑いと疲弊の色が強く感じられるようになった。彼らの不安と焦燥がまた、取り調べにおける加虐趣味を助長している感は否めない。問題が公になる前に何か手を打つ必要がある。

クロサキは眉を寄せ、書類の表紙に極秘の印を捺して、鍵付《かぎつ》きの引き出しにほうり込んだ。引き出しの中はすでに、いざというときには焼却破棄処分とすべき書類でいっぱいだ。

何もかも、手に負えなくなり始めている。

どこで間違った？

クロサキは眉をひそめ、ゆっくりと椅子から立ち上がった。書棚の前に立ち、〝要監視人物〟と記されたぶ厚いファイルが並ぶ中から一冊選んで引っ張り出した。

ファイル名は「三木清」――。

適当にページを開き、報告書の文字に目を走らせる。読むために手に取ったのではない。

こんな報告書に記される以前から、クロサキは三木清のことを知っている。

クロサキにとって三木清の名は、子供の頃からずっと憧れの的《まと》だった。

4

キヨシさん。

地元ではそう呼ばれている。

童謡「赤とんぼ」の作者三木露風《ろふう》が有名だが、播州《ばんしゅう》（兵庫県）龍野《たつの》には三木姓が多い。その中でも三木清の名は特別な響きがあった。

同郷出身のクロサキは、三木清の名前を子供のころからよく聞かされた。それこそ耳に胼胝《たこ》ができるほどだ。

クロサキは幼い頃から頭の回転の早い子供だった。尋常小学校に入ってからは成績は常に学年で一番。近所の子供たちの中では頭抜けた存在だ。自分でも勉強が面白く、早朝学校に行く前に本を読み、学校が終わった後も朋友《ほうゆう》たちと遊ぶ間もなく遅くまで勉学に励んだ。周囲の大人たちは口を揃えてクロサキの優秀さを褒めた。その一方で彼らは「頑張ったら、キヨシさんみたいになれるかもしれんぞ」と付け足すのを忘れなかった。大人たちの顔には決まって「まあ無理やけどな」と書いてあった。

役場の書記官をしていたクロサキの父親でさえ、そうだった。父親は息子が学年で一番になっても試験結果を見ようともせず、口元に薄ら笑いを浮かべるだけだった。「どうせキヨシにはかなわん」、面と向かってそう言われたことも度々あった。クロサキの家は、祖父の代まではお城で権勢を振るっていた有力士族の家柄で、明治維新とともに没落した。そのせいもあったのだろう、父は裕福な農家の息子である三木清を白眼視していた。どうやっても農家の小倅《こせがれ》に勝てない息子を嘲笑《ちょうしょう》することで、満たされぬ己の卑小な自尊心を慰撫《いぶ》していたのかもしれない。当時は父親の屈折した心理など知る由もなく、子供だったクロサキはそのたびにいたく傷ついた。そもそもキヨシさんと自分のいったい何が違うのか、さっぱりわからなかった。

子供の頃、龍野中学に通う途中の〝キヨシさん〟と道で何度かすれ違った。揖保川《いぼ》の辺《ほとり》や龍野城址《じょうし》を散策する姿を見かけたことがある。当時すでに「郷党《きょうとう》の鬼才」と呼ばれていた三木清は、体の大きな、ごつごつとした顔立ちの、何だか怖そうな人だった。もっとも、クロサキの目には周囲にいた彼の同級生たちも同じように見えたので、この印象は余りあてにはならない。

〝龍野中学はじまって以来の秀才〟三木清が故郷を離れ、一高入学のために東京に向かったのは、クロサキがまだ十歳に満たない頃だ。

以後のキヨシさんの動向は、専ら地元の人たちの噂を通じてもたらされた。

東京でも、キヨシさんは日本全国から集まった秀才たちを尻目《しりめ》に他の追随を許さぬ優秀な成績を修め続けた。「龍野中学きっての秀才」はそのまま「一高きっての秀才」となり、噂を持ち帰った者たちは「さすがはキヨシさんや」と満足げに頷《うなず》きあった。

もっとも、彼らにしたところでキヨシさんがどう優秀なのか、東京で何を勉強しているのかといったことは、さっぱり見当がつかない様子であった。

そんなある日、東京から驚くべき知らせが届く。

一高を卒業したキヨシさんは東京帝国大学ではなく、京都帝国大学に進むことになったという。地元はちょっとした騒ぎになった。当時、一高を優秀な成績で卒業した者は必ず東京帝国大学に進むことになっていて、それ以外の途があるとは考えられていなかったからだ。一高を一番で卒業したキヨシさんが、なぜ東京帝大でなく京都帝大に進むのか？　地元の者たちは首を傾げたが、キヨシさん自身は少しも頓着《とんちゃく》する様子もなく「西田《にしだ》哲学を学ぶためです」と家族に理由を知らせてきたらしい。ニシダ哲学がいったい如何《いか》なるものなのか、やはり誰にもさっぱりわからなかった。地元の人たちはキヨシさんが東京帝国大学に進まなかったことを、ひどく残念がった。

だが、キヨシさんが考えることに間違いがないことは程なく証明された。

──三木清は京都帝国大学創設以来の秀才である。

という評判が龍野にまで伝わってきたのだ。

〝三木清氏は、京都帝国大学で哲学を教える西田幾太郎《きたろう》教授の難解な思想を正確に理解しうる唯一の学生である。著書『善の研究』で純粋経験理論を打ち立てた西田教授の一番弟子。いまや世界的に高名な西田教授の後継者として京大哲学科の教授の椅子に座るのは、若き三木清氏をおいて他にはない〟という。

京都帝大はじまって以来の秀才。

世界的に高名な西田幾太郎教授の後継者。

何だかよくわからないが、ともかく大変なことらしかった。

京都帝国大学卒業後、キヨシさんは外国に留学することになった。資金を出したのは東京の新興出版社、岩波書店だ。多額の留学資金を出す理由は「三木清の才能に対する先行投資」だという。

大正十一年（一九二二年）、キヨシさんは日本を後にする。留学先に選んだのは、当時哲学最先端の地と目されていたドイツで、留学は三年間の予定だった。

その間、クロサキはキヨシさんの後を追うように龍野中学から東京の第一高等学校に進学した。途中、関東大震災で被災して田舎に戻った時期もあったが、その後は順調に東京帝国大学に進んだ。クロサキ自身が勤勉であり、優秀であったことは間違いない。同時に、周囲の優秀な学生が流行のマルクス主義に感化され、左傾化して競争から脱落していくなか、着実な歩みを続けた結果でもある。

キヨシさんとクロサキの経歴は、不思議なほどすれ違った。

クロサキが東京に出て一高で学んでいた頃、キヨシさんは外国に留学していた。その後日本に帰ってきたキヨシさんは京都に居を定め、三高や龍谷《りゅうこく》大学の講師をしていたので、東京帝大に進んだクロサキとはやはり顔を合わせる機会がなかった。

ただ、噂だけはよく耳にした。

一高には、キヨシさんにまつわる様々な伝説が残されていた。一高時代のキヨシさんは、英語はむろん、ドイツ語にフランス語、独自にギリシア語やラテン語まで勉強していて、下宿ではいつも外国語の原書を読んでいた。そのくせ発音は苦手で、例えばドイツ語の〝ツァイティゲン〟という言葉をキヨシさんは好んで口にしたが、そのたびに必ず〝ツァイティーゲン〟と不思議な発音をして周囲の者が吹き出した、といった逸話だ。クロサキが一高で学んだのはキヨシさんの八年後だ。変人揃い、次々に人が入れ替わる高等学校で八年後まで伝説が残っていること自体珍しい。

法外な噂は、ドイツからも伝わってきた。ドイツに渡ったキヨシさんは、まずハイデルベルク大学で新カント派の大御所リッケルト教授に学び、翌年秋にはマールブルク大学に籍を移した。そこで新進気鋭の研究者ハイデッガー教授のゼミに参加したキヨシさんは、ドイツの高名な学者たちとギリシア語やラテン語の古典文献を引用しながら対等に議論し、教授の紹介で地元新聞にドイツ語で論文を寄稿した。

さらに翌年、パリに移ってからは一転、ほとんど誰とも会わず、部屋にこもってひたすらフランス語の本を読みあさり、帰国後発表予定の論文の準備をしているという。

噂を耳にするたびに、クロサキは唖然《あぜん》とした。

一人の人間にそんなことが本当に可能なのか？　同時代を生きる同じ人間とはとても思えなかった。

学生時代、クロサキはキヨシさんと一度だけ会ったことがある。

東京からの帰省の途中、クロサキは京都に一高時代の知り合いを訪ねた（その頃は〝先駆者〟三木清に感化されて、一高から京都に進む者が少なくなかった）。どんな話の流れであったか、三木清の名前が出た際、知り合いは急に身を乗り出して、

――三木さんに会わせてやろうか。

と目を光らせて言った。自分があの有名人、三木清と知り合いだと自慢したがっている様子だ。クロサキは内心苦笑した。相手は、クロサキが三木清と同郷であることを知らないらしい。そう言えば、キヨシさんは東京に出た後、故郷・龍野にはほとん

ど帰っていなかった。クロサキも自分の話をするタイプではない。

自分から言い出すことでもないので黙っていると、知り合いは何を勘違いしたのかいそいそと立ち上がった。

連れていかれたキヨシさんの住まいは、学生下宿に毛が生えた程度の狭い部屋だった。あるいは部屋中に溢れるたくさんの本のせいで実際以上に狭く感じたのかもしれない。

キヨシさんは、急な訪問客であるクロサキたちに座布団を出してくれた。押し入れを開けると、そこにも外国語の本がぎっしりと詰まっていたのには驚かされた。

同行者があれこれ質問する間、クロサキは薄い座布団の上に膝《ひざ》を揃えて座り、無言のまま、ちゃぶ台を挟んで座る人物を上目づかいに観察した。

間近に見るキヨシさん――三木清――は額が広く、分厚い唇、大きな鼻、つや消し銀縁のどの強い丸眼鏡をかけた、恐ろしく無愛想な人であった。何かに似ている、と思ったら、教科書の口絵で見たソクラテスの彫像だ。

クロサキの横で、一高時代の知り合いは様々な挑発的な問いを矢継ぎ早に三木清に浴びせかけた。「ドイツで会った中で最も印象に残った哲学者は誰でしたか？」、「西田哲学の神髄とは何でしょう？」。

三木清はそのたびに「マルティン・ハイデッガー教授」、『善の研究』を読むと良い」等とぼそりと短く答えたが、議論には少しも乗ってこなかった。どこか斜め上の方に視線を逸《そ》らし、くわえた煙草の吸い口をぐちゃぐちゃと噛《か》んでいる。灰皿に捨てられた吸い殻は多量の唾《つば》で湿っていて、もみ消す必要がないほどだ。

同行の知り合いが口を閉ざすと、たちまち気まずい沈黙が場に流れた。

知り合いが隣に座るクロサキの脇を肘でつっ突いた。クロサキは無言で肩をすくめてみせた。

結局、気づまりな空気に耐え兼ねて、二人はそそくさとその場を引き上げた。

「やっぱり、変人だよな」

通りに出たあと、知り合いは忌ま忌ましげに呟《つぶや》いて唇を尖《とが》らせた。せっかく訪ねていったのに何だ、とむくれたような顔をしている。

彼の話では、最近三木清が京都の学生たちと行っている研究会に顔を出す機会があった。そこでの三木清は逆に、一度口を開くと止まらず、議論相手を完膚無きまで徹底的に論破して、やり込められた相手はぐうの音も出ない状態になっていたという。口を閉じていても開いていても、最後には気まずい沈黙が待っている。三木清との会話は、相手の反感をかって終わりになることが多い――。

「しかも、議論になると大量の唾《つばき》が飛んでくる」

知り合いは真面目な顔でそう言って顔をしかめた。

クロサキは足下に視線を落として、ひそかに苦笑した。

力を制御できない子供みたいだ、と思った。唾液《だえき》でぐちゃぐちゃになるまで煙草を嚙んでいること自体、考えてみればいかにも子供っぽい振る舞いである。


だが、その年六月に出版された三木清の最初の著作『パスカルに於ける人間の研究』を読んで、クロサキは殴りつけられたような衝撃を受けた。

クロサキはそれまでパスカルについてほとんど知識を持ち合わせなかった。十七世紀のフランスの数学者。「パスカルの原理」や「パスカルの定理」を発見した人、といったことくらいだ。

三木清はパスカルの箴言《しんげん》集、フランス人にとっても難解といわれる『パンセ』を原語で丹念に読み解き、現在を生きる人間の研究として説き明かした。

――パスカルの思想に於て中心的意義を有するものは「人間」の概念である。

と冒頭に記した本書は、不安の時代に如何に生きるべきかを模索する若者たちから熱狂的に迎えられた。

――生の動性の第一の契機は「不安定」(inconstance)である。我々は絶えず途上にある存在である。

――『パンセ』の全篇を通じて、これを滲透し、これを支配するものは「死」の観念である。

最先端のハイデッガー理論を用いて書かれた三木清の処女作に、クロサキは心底驚嘆した。こんな凄《すご》い本は読んだことがない、と舌を巻いた。『パスカルに於ける人間の研究』は、しかし、なぜかアカデミックな世界から完全に黙殺された。同著は三木の留学費を負担した東京の出版社から出たが、これほど返品の山を築いた本は当時他になかったという。

その後、西田教授の後継者として京都帝大哲学科教授に就任すると目されていた三木清は、同大学の教授会から人事を拒否される。教授会では『パスカルに於ける人間の研究』の論理が〝アカデミズムに相応《ふさわ》しくない〟と批判されたとも、講師の分際で単著を出したことが一部教授の逆鱗《げきりん》に触れた――要するにやっかみをかったとも、三木の京都での女性問題が原因だったとも言われるが、真相は藪《やぶ》の中だ。

三木清は京都を離れる。東京に出た後は法政大学で教えながら、新聞社や出版社を通じて一般読者に向けた多様な文章を次々に発表し始めた。

翌年五月、三木清は『唯物史観と現代の意識』を刊行して周囲をあっと言わせる。三木の『唯物史観と現代の意識』は、それまでもっぱら政治の問題として考えられていたマルクスの唯物史観を、哲学の立場から捉《とら》え直す画期的な試みであった。日本のマルクス主義は、本作によってはじめて政治の場から人間学《ヒューマニズム》の土俵に引き出され、社会科学としての正当性を吟味される対象になったといえる。『パスカルに於ける人間の研究』刊行からわずか二年。三木清は今度は、パスカルとは別の意味で難解、晦渋《かいじゅう》、通読困難とされてきたマルクスの文献をドイツ語で読み込み、鮮やかに解説してみせた。

政治的公式主義を否定し、歴史のダイナミズムの内に唯物史観を捉え直した本書は、唯物史観理解に手を焼いていた当時の若者たちから熱狂的に迎えられた。

ところが、またしても奇妙なことが起きる。『唯物史観と現代の意識』は、左右の、主義者・研究家・思想家から激烈な批判を浴びせかけられたのだ。反（嫌）共産主義者たちからの批判は言うまでもない。彼らは唯物史観を研究すること自体を嫌悪している。奇妙であったのは、共産主義の同調者《シンパ》を自認する大学教授、知識人、さらには共産党員たちの間からヒステリックともいえる批判がわきあがったことだ。彼らは三木の著作を、

——唾棄《だき》すべき観念論。政治的実践をむしろ妨げるものである。

と、口を揃えて痛烈に罵倒《ばとう》した。

そんなさなか、さらに皮肉な事態が生じる。

三木清が治安維持法違反容疑で特高に検挙されたのだ。

事件は、その頃三木が親しくしていた華族の子息から頼まれて金を渡したところ、その金が非合法組織日本共産党の運動資金として流用されたというもので、改正治安維持法を誇示すべく、当時の特高が〝見せしめ的〟によく使った手だ。

皮肉は、事件それ自体にあるのではない。

三木清が治安維持法違反容疑で勾留中、共産党は「三木清の理論は誤りである。彼は党の敵対者だ」という痛烈な批判を発表。党に資金提供したとして勾留中の人物に対して、彼は敵対者だと言い放った。

三木にしてみれば、皮肉を通り越して、馬鹿馬鹿しいとしか言いようがない事態である。

約四か月の勾留後、三木清は執行猶予付きの有罪判決を受けて釈放された。〝前科者〟となった三木は法政大学を辞めざるを得ず、以後公職につくことが難しくなる。

その頃、高等文官試験をパスして内務省に入省したクロサキは、内務・警察官僚として出世の階段を一段一段着実にのぼっていた。

クロサキが内務省に入ったのは特高が全国に設置され、同時に治安維持法改正に対応すべく組織が拡大していた時期だ。官僚としては運が良かったともいえる。

途中、クロサキはさまざまな状況、さまざまな場所で三木清とすれ違った。

例えば三木清が検挙された時、クロサキは彼に関する訴状に目を通し、意見を付して上にあげた。三木清に「執行猶予」の判決が言い渡された時は別件でたまたま同じ裁判所にいて、裁判所の廊下で文字通り三木清とすれ違った。

その後もクロサキは視界の隅に三木清の動向をずっと捉えてきた。

第一に、文章を通してだ。

検挙後、公職を追われた三木清は在野の文章家として生きることを余儀なくされた。彼は総合雑誌や新聞紙上を中心に文章を発表する。知的でありながら一般の人たちにもわかるように書かれた三木の文章は、たちまち多くの読者に支持された。逆に言えば、その他の多くの学者連中の文章は小難しく書かれているばかりで読めたものではなかったということだ。

出版社、新聞社は競うように原稿を依頼し、三木清の側でも求められるまま驚くほど多くの文章を書いた。

雑誌や新聞記事の検閲は内務省の管轄だ。

クロサキは仕事として三木清の名前を見ない日はなかった。

公に発表された文章だけではない。

三木清は酒好きだった。正確には、酒を飲む雰囲気が好きだったと言うべきだろう。講演会や座談会に出席した後、彼は新聞記者や編集者、座談会同席者らと一緒に、しばしば銀座や新宿《しんじゅく》のカフェーに繰り出した。クロサキは何度か、三木清が酒を飲みに来る店に密偵《スパイ》を仕込んだ。酒を飲めば本音が出やすい。一度でも治安維持法違反で検挙された監視対象の本音を知っておくことは、特高の基本である。

報告書によれば、酒場での三木清の会話は、彼が書く文章や座談会での発言とはがらりと雰囲気が異なり、ずいぶんと砕けた感じだった。講演会で得たばかりの金を惜しげも無くばらまくような飲み方で、女給たちには人気があった。悩み事を相談され、「うん、それを明日《あした》の新聞に書いてやろう」と答えたという三木の発言が記録されている。一方で、同行者の中には、魁偉《かいい》な容貌《ようぼう》の三木ばかりが女給にもてることに憤慨し、それまで三木を尊敬していた者が一緒に飲みに行ったのを機に彼を嫌うようになったという話も報告されていた。三木清は金で女性の歓心を買っている、知識人の風上にも置けない、というわけだ。だが、新宿や銀座のカフェーとはもともとそういう場所だ。インテリたちのリゴリズムは滑稽《こっけい》以外の何物でもない。

クロサキが興味をひかれたのはむしろ、三木清が共産主義運動で検挙された者たちの生活を気遣う発言をしていることだった。報告書には、三木清が京都時代の後輩の一人、戸坂潤《ときかじゅん》に対して、

「あいつは最近、生活がやっていけているのか？　食えているのか？」

と、本気で心配している発言が何度も記録されていた。

戸坂潤は、三木の唯物理論を観念的だとして批判した者の一人だ。三木清が勾留中、

彼を敵として公に批判した共産党の同調者《シンパ》でもある。三木にとってはいわば〝敵〟ではないか。過去に優秀な後輩だったとはいえ、そんな者の生活を本気で心配している三木清の思考を、クロサキはまったく理解できなかった。

任務の過程で、生身の三木清と〝接触〟する機会もあった。

三木清が長谷川如是閑《はせがわにょぜかん》らとともにナチス焚書《ふんしょ》への抗議声明を発表した際、クロサキは内務省の人間としてその場に居合わせた。

幸田露伴《こうだろはん》の文化勲章受章祝賀会で行った三木清のスピーチも会場の隅で聞いている。

三木清が妻を亡くした時は、葬儀にも顔を出した。

内務省が三木清に対する監視を最も強めたのは、彼が近衛文麿の政策立案集団「昭和研究会」に参加していた期間である。

三木清は途中参加した「昭和研究会」で新設の文化委員会委員長を務め、その後近衛内閣が発表した第二次、第三次対支声明作成にも関与している。近衛内閣が持ち出した「東亜協同体論」も三木清の発案であった。

その頃クロサキは、三木清が昭和研究会のメンバーらとともに、政治家や軍部御用《ごよう》達《たし》の高級料亭で酒を飲む姿をよく見かけた。三木清はいつも両脇に芸者をはべらせて、御機嫌な様子で酒を飲んでいた。報告書によれば、三木清は酒の席では真面目な話はろくにせず、あまり面白くない冗談ばかり言っていたようだ。

いずれもクロサキの側からの一方的な接触――監視――であり、三木の側でクロサキの存在を認識したことは一度もないはずだ。

その後「昭和研究会」は大政翼賛会に吸収され、「ゾルゲ事件」で近衛内閣が倒れたのを機に、三木清は政治の場からほうり出された。

さらに、対米戦争開始直後、三木が『中央公論』に発表した「戦時認識の基調」が陸軍から痛烈に批判されると、あれほど三木をもち上げていた出版社や新聞の者たちはたちまち潮が引くように遠ざかった。

以来、三木清の文章は雑誌や新聞紙上から消える。

昨年、娘を連れて埼玉に疎開して以後は、生身の三木清とすれ違うことも、報告書に名前を見かけることもなくなっていた……。


クロサキは三木清に関するぶ厚いファイルを閉じ、小さく息を吐いた。ファイルを棚に戻し、反対側の壁にかかった鏡に目を向けた。

有能な内務・警察官僚。それが、鏡に映る己の姿だ。組織の中で出世の階段を着実にのぼってきた。上からの覚えもめでたい。それなのに――。

クロサキは鏡に映る能面のような白い顔を歪《ゆが》め、眉を寄せた。

特高はいまや合法的観点からすればかなりまずい状況だ。視察に訪れた拘置所の環境も想像以上に酷《ひど》いものだった。早晩責任問題が発生するのは避けられない。

なぜこんな状況になったのか理解できなかった。クロサキの側では間違った手続きはしていない。現場の暴走か？　だが、そのこと自体、管轄官庁のミスだ。処罰なしというわけにはいかない……。

クロサキは机の上で山積みになっている未決の書類に目をやり、すぐに視線を逸らした。まずは目の前の仕事を一つずつ、確実にこなしていくことだ。早急に求められているのはクロサキ自身が立案した「家鴨《アヒル》作戦」の遂行である。

鏡に背を向け、席に戻りながら、作戦の詳細を頭のなかでもう一度確認した。

大丈夫だ。よほど想定外の事件が起きない限り、失敗する余地はない。

クロサキは眉根を開き、ようやく心の平安を取り戻した。

5

事件は起きた。

昭和二十年三月九日午後十時半、〝警戒警報発令〟を告げるサイレン音が東京都内に鳴り響いた。

日付が変わった十日零時八分。アメリカ軍の最新鋭大型爆撃機B29による東京空爆が開始される。

深夜に始まった空爆は、東京都民にとってまさに悪夢そのものとなった。

この夜、東京上空に飛来した三百機を超えるB29が投下したのは、火災を発生させることを主眼にした焼夷弾《しょういだん》であった。

爆弾に可燃性の高い油を大量につめて、ばら撒《ま》き、火を付ける。

戦車や装甲車、鉄筋コンクリート製の建物には効果は薄いが、木造の民間家屋が密集する地域には甚大な被害が生じた。

焼夷弾によってひき起こされた火災は、水をかければ反応が促進され、逆に火力が増す。雪がトタン屋根を滑り落ちるような、ざっ、と濁った音を立てて次々に降り注ぐ焼夷弾に対して、通常の消火活動はほとんど意味をなさなかった。

晴れていたが、風の強い夜であった。

折からの北々西の風に煽《あお》られて、東京の東半分、江東区《こうとう》を中心とする下町地区はたちまち火の海となった。

B29は火災が広がった地域に目がけて、さらに大量の焼夷弾を、立て続けに、隙間なく投下してまわった。

火災発生地区は昼間のような明かりに包まれ、上空には入道雲のような黒い雲が高く立ちのぼった。

地上では、可燃性の高い油を頭から浴びた人たちが逃げ惑い、火が燃え移ると、彼らはたちまち人形《ひとがた》の黒い炭と化した。

巨大な炎は強い風を生む。

雲の下では猛烈な火災旋風が吹き荒れ、逃げ遅れた人々を空へと巻き上げた。水に逃れた人たちは、猛烈な炎に包まれ、蒸し焼きにして殺された。

敵機編隊を迎え撃つ日本軍の高射砲の音が、時折、夜空に散発的に響き渡った。

ごく稀《まれ》に、対空砲火が命中したB29が暗い夜空を背景に炎の塊となって落ちていくのが見えた。

だが、米軍の最新鋭の巨大爆撃機の群れは、あたかも海の獰猛《どうもう》な大型魚類——鱶《ふか》や鮫《さめ》が仲間の死など無視して獲物に群がるように、何度も何度も繰り返し、巻き返し、赤く染まった東京の夜空に飛来した。

B29が火炎に照らし出された銀色の機体をギラリと光らせながら黒い入道雲の中に侵入し、超低空で銀色の腹を開いて無数の焼夷弾を投下する。

そのたびに、地上の業火はさらに勢いを増した。隣組《となりぐみ》指揮の下、東京都民が日頃せっせと行ってきたバケツリレーによる消火訓練や、ましてや竹槍《たけやり》訓練など、何の役にも立たなかった。

民間人への無差別絨毯爆撃は、全てのB29が積んできた爆弾を落とし終え、腹を空《から》にして悠々と飛び去るまで、二時間余りにわたって続けられた。

空襲警報解除は二時三十七分。

警戒警報解除は三時二十分。

その後も夜が明けるまで、東京の空に火炎の赤い色と入道雲のように立ちのぼる黒い煙が消えることはなかった。


一夜明けた十日朝から、クロサキは霞が関の内務省内事務室に詰めきりになった。

国内治安を担当する内務省官僚にとって、未曾有《みぞう》の東京空襲は早急に対応を求められる事態だ。特高の主たる任務は流言蜚語《ひご》の取り締まり。その前にまずは被害情況の正確な把握と、今後の方針の策案である。

上から、いつ、何を聞かれても答えられるよう報告書を準備しておく必要があった。

登省後ただちにクロサキは部下を集め、早急に被害の調査報告を上げるよう命じた。

空爆翌朝、焼け跡からまだ黒煙があがっている情況だ。部下の中には顔が青ざめ、腰が引け、今にも逃げ出そうとしている者が少なくない。

クロサキは小さく舌打ちをして、首を振り、

——皇居および霞が関が空爆されることは有り得ない。

と噛んで含めるように言った。

そんなことをすれば、誰も戦争を終わらせることができなくなる。相手国の意志決定機関は破壊しない。それが、戦争当事国同士の暗黙の了解だ。権力者は戦争では死なない。だからこそ彼らは気楽に戦争を始め、どんな状況になっても平気で戦争を続けていられるのだ――。

部下たちはなお、青い顔を見合わせていたが、クロサキが、行け、と言って手を振ると、弾《はじ》かれたように調査に向かった。

順次上がってくる調査報告を前に、クロサキは顔をしかめた。

被害は、クロサキの想像を遥《はる》かに超えていた。

隅田《すみだ》川以東は壊滅状態。本所深川《ほんじょ》界隈《かいわい》の下町は一面の焼け野原だ。それらの地区ではそもそも役所自体が焼け落ちていて、被害の情況を数字でつき合わせることができない。聞き取り調査をしようにも、その地区で生存者がいるのかどうかさえわからない有り様だという。

東京の約四割が灰燼《かいじん》に帰した計算だ。

報告書の数字が確かなら死者だけで十万人以上。罹《り》災者《さいしゃ》累計はその十倍に達するだろう。焼け跡には黒こげの死体が転がり、火傷を負った者が道端で呻いている。ぼろをまとい、まっ黒に煤《すす》けた顔をした被災者に加え、行方の分からない家族を探す者たちが幽鬼のようにさまよい歩いている……。

クロサキは報告書を机の上に置いて、目を細めた。

一夜の空爆で民間人に十万以上の死者？　首都の約四割が焼失？

そんなことが現実に起こり得るのか？

誰も想像すらしていなかった事態だ。無抵抗の女子供は殺さないという戦争の建前《たてまえ》が失われた。今後、日本国内でどんなことが起きても不思議ではない。

いずれにしても、このままでは数字のばらつきが大きすぎて、上への報告書としてはまとめようがなかった。

調査の継続を指示したクロサキの脳裏をふと、この戦争は負けなのでは、という疑念がかすめた。

昨年末から大小のアメリカ軍機が単独もしくは編隊を組んで日本上空に飛来し、時折爆弾を落としていくという〝事件〟が発生していた。いまでは多くの日本人が、八千メートルの上空を飛ぶ敵機の機影を見分けることができるほどだ。

先日の東京空爆では、B29ははっきりと目に見える高さまで降下してきた。地上の炎の色を映してギラリと輝くB29の銀色の下腹が肉眼で確認できた。千メートル以下での超低空飛行だ。

昨年末からの何度かの偵察飛行で、アメリカ軍は日本軍にはもはや反撃するだけの航空戦力がないことを確認した。都市防衛は対空砲のみ。その数と場所、威力や性能もわかった。

編隊を組んで東京を空爆したB29の動きは、いずれも重たげであった。彼らは機体に詰められるだけの焼夷弾を詰め込んでいた。途中で反撃される恐れがないと見切っているからだ。実際、墜落したB29を調べると、最低限の防衛用火器さえついていなかった。防衛用火器の重さの分まで焼夷弾を搭載していたというわけだ。

それが何を意味するのか、理解するには特別優秀な頭脳や専門知識など必要ではない。

空襲を目の当たりにした、あるいは実際に経験した者なら、誰しもが悟ったはずだ。米軍は、もはや日本軍を少しも恐れていない。勝敗は明らかだ――。

クロサキは目を細め、ひとさし指をこめかみに当てて短く思案した。すぐに首を振り、未決箱から次の書類を引っ張り出した。

戦争の勝敗は自分が考えることではない。上の誰かが判断することだ。

自分には為《な》すべき仕事がある。決裁を求める書類に目を通し、疑問箇所にメモを書いて差し戻す。付箋をつける。数字をまとめる。参考意見を付し、承認印を捺して、書類を上にあげる。何があろうとも変わりはない。たとえ一夜で十万人の民間人が焼き殺され、百万人が家を失い、東京の四割が焼け野原となっても、それが官僚の仕事だ。

クロサキが長年築き上げてきた信条、信念、世界観は、しかし、時間の経過とともに次々に打ち砕かれていく。

三月十二日未明、名古屋《なごや》空襲。

三月十三日深夜、大阪空襲。

三月十七日未明、神戸《こうべ》空襲。

いずれも火災を起こしやすい日本の木造家屋を焼き払うことを主な目的とした、焼夷弾による絨毯爆撃である。米軍が日本の民間人——女子供を含む非戦闘員——を対象とした無差別爆撃に作戦の舵《かじ》を切ったのは、いまや誰の目にも明らかだった。

それぞれの被災地から次々にあがってくる報告書を前に、クロサキは入省以来はじめてお手上げ状態となった。

各地で様々な流言蜚語が飛び交っていた。

神風ナンカ吹カナイ。

モウ負ケダ。戦争ヤメロ。

子供達ヲ返セ。

死ヌノハ貧乏人バカリ。金持チハ死ナナイ。

日独負、英米勝。

……。

虚偽情報が錯綜《さくそう》して、もはや取り締まるどころの騒ぎではない。

官僚にとっては耐え難い情況だ。

苛立《いらだ》ちは日々高じた。ぴりぴりとした雰囲気は部下にも伝わり、部屋では足音を立てることさえ遠慮している様子だった。

その間にも、デスクの未決箱に積み上げられた書類の山は高くなる一方だ。

書類を順次処理し、部下に指示を与えながら、クロサキは一枚の絵を思い浮かべていた。流砂に落ちた犬が、あがいてもあがいても次第に埋もれていく姿を描いた絶望的な絵だ。画家がなぜあんな絵を描いたのか不思議だった。砂に沈んでいく犬の背後には、たしか澄んだ青空が描かれていたはずだ……。

B29による空襲開始以降、戦局が不利なことは誰の目にも明らかとなった。

天皇陛下ノ馬鹿。

上御一ナド無クシテシマエ。

共産社会マッ。

流言蜚語は日を追うごとにひどくなる一方だ。食料その他全ての物資が絶望的に不足していた。特高と憲兵隊による取り締まり強化をもってしても、秩序を維持できるのはあとせいぜい三か月——どう繕っても半年もつとは思えない。

近衛文麿元首相上奏の噂が伝わってきたのはそんな時だ。

近衛元首相は陛下に対して、将官から一兵卒に至る職業軍人の大多数及びその他の国民の殆《ほとん》どは中以下の家庭出身者にして共産主義を受け入れ易き境遇にあり、従って全員が共産主義者であり、一部御用商人（資本家）と貴族（華族）を除けば国内に我々の味方は存在しない。むしろ敗戦を受け入れ、彼ら（大多数の国民）をこの国から一掃すべきである、と上奏したらしい。

「抑《そもそも》軍部が満州事変、支那事変を起こし、之《これ》を拡大して大東亜戦争にまで導き来れるは、社会を混乱に陥れ、共産革命を我が国に導き入れんとする意図ありしために相違なく……」

右も左も、軍部でさえ、実はすべて共産主義者（アカ）であった。

芟除殲滅《さんじょせんめつ》し尽したと思っていたアカに、いつの間にか取り囲まれていた。

特高にとっては、ある意味衝撃的な発言だ。

近衛元首相の意見はなかなか斬新《ざんしん》だが、根本的なところで国民を見誤っている。彼らはアカなのではない。これだけの被害を出しながら、国体を護持するために自分たちが始めた戦争を終わらせることすらできない現在の政府権力者や軍部にうんざりしているだけだ——。

ノックの音で我に返った。

失礼します。

ドアが開き、顔色の悪い、瘦《や》せた、影のような男が顔を出した。最近クロサキの下についた部下だ。書類ならそこに、とクロサキは未決箱を指して言いかけて、彼がいつものように両腕に大量の書類を抱えていないことに気づいた。左手に薄い紙挟みを一綴《ひとつづ》り提げているだけだ。

部下の男はクロサキのデスクの前まで歩み寄り、低い声で、

——タカクラを逮捕しました。

と報告した。

タカクラ？　逮捕？

クロサキは一瞬何のことかわからず、眉を寄せた。

そう言えば、検挙者数水増しのための家鴨作戦を遂行中だった。タカクラは作戦対象に選ばれ、泳がせていた人物だ。東京大空襲以来、連日のように行われるB29による民間無差別爆撃に気をとられて、すっかり忘れていた。

「接触者のリストです」

部下の男は紙挟みから一枚の紙を取り出して、クロサキのデスクに置いた。タカクラが逃亡中に接触した者たちの名簿だ。一瞥《いちべつ》して、クロサキは眉を寄せた。名簿に「三木清」の名前が見える。

計画では、接触予定者リストに入っていなかったはずだ。

クロサキはデスクに両肘をつき、顔の前で手を組み合わせた。立てた親指をあごに当てて、部下に訊《たず》ねた。

「リストの名前が、計画と違うな」

部下の男は床に視線を落としたまま、人手が足りませんでしたので、と言い訳した。三月六日にタカクラを計画どおり警視庁から逃亡させた。監視は付けていたが、九日深夜の東京空襲で都内が混乱したために家鴨《タカクラ》の行動に一部狂いが生じてしまった、と説明した。

あの空襲の後も作戦を継続したのか？

クロサキは啞然とした。気を取り直し、

「不測の事態が発生した時点で、作戦は中止すべきだったたな」

そう指摘すると、部下の男は驚いたような顔になった。「指示なしで作戦中止など……」ゆるゆると首を振り、「それこそ、命令違反です」と呟いた。

部下に指示を出した際、何か重要なことを見落としているのではないかという疑念を覚えたが、その正体にようやく思い当たった。この連中は指示されたことしかやらない。どんな想定外の事態が起きても——たとえ東京の半分が焼け野原となり、目の前で十万人以上の死者が出ても、言われたことを言われた通りに進める。その結果何が起きようと自分には関係ないと思っている。およそ自分の頭で考えるということをしない。

「途中、何度か危うく見失いそうになりましたが、このたび無事逮捕できました。民間からの密告のおかげです。これで検挙者数の今月割り当ても達成できそうです」

得意げに報告する部下の男を見て、クロサキは覚悟を決めた。

6

警視庁特高部に顔を出すと、特高一課長が席を立ってクロサキを出迎えた。訪問目的は事前に伝えてある。目顔で尋ねると、

「ちょうどいま……第二取調室です」と、あごをしゃくって奥のドアを示した。

教えられたドアを開けると、二人の刑事が振り返り、訝《いぶか》しげな視線を向けた。

「内務省のクロサキ参事官だ」

背後から顔を出した特高一課長が紹介すると、刑事たちは困惑の表情を浮かべた。内務省のお役人が現場に何をしに来た、といった顔付きだ。

「参事官殿は被疑者に聞きたいことがあるそうだ。代わってやってくれ」

特高課長の言葉に、刑事たちは顔を見合わせた。

「終わるところだったので、代わるのはかまいませんが……」

「外してくれ」

取調室に足を踏み入れたクロサキがそう言うと、刑事たちはたちまち気色《けしき》ばんだ。いや、しかしですね、としかめ面で口を開いた年配の刑事に、

「長くはかからない。終了次第、声をかける。記録はこちらで取る。扉の外で待っていてくれ。何かあれば呼ぶ。いいな」

畳み掛けると、刑事たちは顔を見合わせた。上司である特高一課長が無言で頷くのを見て、肩をすくめ、渋々といった様子で取調室を出て行った。

クロサキは扉を閉め、部下の男を記録係用の机に座らせた。

部屋をぐるりと回り込み、被疑者と机を隔てて向き合う椅子に腰を下ろした。

取り調べ対象は骨太のがっしりとした体格、額が広く、分厚い唇に大きな鼻、どの強い丸眼鏡をかけた魁偉な容貌の男だ。クロサキは手帳を取り出し、冷ややかな声で訊《たず》ねた。

「氏名と、年齢を」

「三木清。四十八歳」

検挙後すでに何度も聞かれたはずの質問に対して、三木清は生真面目な声で答えた。

三木清が検挙されたのは三月二十八日、東京の出版社の応接室においてであった。

三木清がドイツに留学した際、資金を出した出版社の社長が貴族院議員補欠選挙に出馬し、当選した。三木はその祝賀会に参加し、社に顔を出していて、身柄を拘束されたという。

報告書によれば、出版社に踏み込んだ特高の刑事が検挙理由を告げた際、三木清は驚いたように目を瞬《しばた》いたものの、すぐに仕方がないといった様子で肩をすくめ、特段抵抗することなく逮捕に応じている。

逮捕に至るタカクラとの関係について、クロサキは一つずつ簡潔に訊ねた。

三木の側でも簡潔に答えた。

はい、そうです。間違いありません。

三木清はどの質問にも、生真面目な顔で平然と答えた。

(……問題はここからだ)

クロサキは鞄《かばん》から分厚い資料と何冊かの本を取り出し、机の上に置いた。

一番上は『パスカルに於ける人間の研究』。

本のタイトルを見た三木清の顔に面白がるような表情が浮かんだ。差し向かいに座る訊問者を、はじめて一個の人格として認識した様子である。

「東亜協同体論についてお聞かせ願いたい」

クロサキは手元の資料に視線を落として質問を続けた。

「あなたは戦争が始まったごく早い時期から、日本とドイツの敗戦を予期する発言をしている。〝これは日本の無謀な大陸政策と、その帰結としての戦争だ〟、〝この戦争が混沌化、泥沼化するのは避けられない〟、〝ヒトラーのナチズムは国境を超えるものではない。彼は早晩破滅するだろう〟。〝日本とドイツはこの戦争に勝てない〟。いずれもかなり思い切った発言だ。発言するだけでなく、あなたは日米開戦後程なく自宅庭に防空壕《ぼうくうごう》を実際に掘り始めている」

「やれやれ、そんなことまで記録されているとは思わなかったな」三木清は小さく首をふり、ひどく残念そうな顔をした。

友人たちとの私的な会話が特高に記録されている。

友人の中の誰かが密告したということだ。

実際、クロサキの手元の資料には密告者の名前も記されている。が、それを三木に明かす必要はない。それより——

「一方であなたは、近衛首相の相談役として、政府の声明文作成に積極的に関与している。第二次近衛声明の東亜協同体論は、あなたの発案だ」

三木清は渋い顔のまま無言で頷いた。

東亜協同体論とは、簡潔に言えば、日本、満州、中国など、東アジアを一つの共同体と見做《みな》し、西欧諸国による植民地支配から脱して東洋文明独自の道義観に基づく新たな世界秩序と経済圏を確立しよう、という呼びかけだ。

〝日本の本当の敵は中国ではなく欧州列強の帝国主義〟

〝戦争目的はアジアを解放すること〟

東亜協同体論は日本人の胸に蟠《わだかま》っていたつかえを取り去った。真珠湾攻撃が多くの日本国民、とりわけインテリ層から絶大な支持を得た理由となる。

東亜協同体論は、その後インドからオセアニアまでの広域を網羅する大東亜共栄圏構想へと〝進化〟することで、日本による軍事的、政治的、経済的アジア支配を正当化。陸海軍がそれぞれ、大陸に、南洋にと戦線を拡大する根拠となった。

「戦争がかくも長引いているのは、あなたが軍や政府、国民に対して、これは正しい戦争なのだというお墨付きを与えたからだ。私的な会話では早くから日本の敗戦を予期する発言をしながら、一方であなたは近衛内閣が正反対の声明を出すのに手を貸している。明らかに矛盾した態度だ。理由を教えていただきたい」

クロサキの問いに、三木清は小首をかしげた。この場所で、こんな議論になるとは思ってもいなかった様子だ。

酷な質問であることは、百も承知だった。

三木が提案した「東亜協同体」論は「大東亜共栄圏」と呼ばれるようになる過程で換骨奪胎され、似ても似つかぬグロテスクな代物に変容した。戦争を止めるための理論が、軍部が戦争を無制限に拡大するための根拠となった。だが、見方を変えれば、三木の「東亜協同体」論は軍人に容易に換骨奪胎される程度の、内容空疎な、言葉だけの理論だったということだ。三木清ともあろう人物がその程度の理論しか発案できなかった。そのこと自体が責めを負うに値する——少なくとも三木自身はそう考えているはずだ。

クロサキは目を細め、苦い顔で黙り込む三木を眺めた。

自尊心を打ち砕く。

それが特高月例会が作成した訊問マニュアルの第一歩であり、最終目標だった。インテリ連中はプライドが高い分、己が拠《よ》り所にしている自尊心を砕かれると後は訊問者の言いなりになる。一度転べば、彼らは文字通り何でもやる。共産主義からの転向は無論、密告者になることを自ら申し出る者の多さには、訊問者の側が驚くほどだ。特高に加虐趣味者《サディスト》が多いのは、必ずしも彼らの責任ばかりではない——。

三木清はふうと一つ大きく息を吐いた。椅子の背に体を預け、腕を組み、視線をどこか斜め上に向けて、

「我々は客観世界に生きているのではない。かけがえのないいまを生きているのだ」

と唐突に、あたかも大学で講義をするような口調で切り出した。

「歴史や政治を分析し、的確な批判を加えるのは後世を生きる者の自由だ。歴史家にとってそれは権利でもあり、義務でもある。

だが、同時代を生きる者には別の自由がある。自由意志、あるいは権利と言い換えてもいい。歴史的主体として同時代の歴史に参加する自由であり権利だ。権利には、当然、責任が付随する。技術や能力不足のために予期した結果が得られなかった場合、後世の者たちからその責任を追及される覚悟が必要になる。

例えばいま、国家が間違った方向に進み、多くの犠牲を出しているのが明らかなら、最良の選択肢はただちに国家の機能を停止させることだろう。革命はそのための一つの手段だ。但し、巨大システムの即時停止は反動が大きく、付随して何が起きるか予見不可能だ。より大きな犠牲を生じる可能性も無視できない。次善の策は、進む方向を少しでもましなものに舵を切らせることだ。一度動き始めた巨大システムを方向転換させるのは容易なことではない。途方もない労力を要するし、無駄な努力に終わるかもしれない。政治は結果責任の世界だ。どんな理想を掲げ、何をしようとも、結果

によっては〝抵抗〟が〝無批判の協力〟と見做されることもあるだろう。
しかし、それでもなお、私は己が持つ力の全てを注いで歴史に参画する自由と権利を行使したい。参加した結果が後世〝歴史〟と呼ばれるのだとすれば、自分が生きているこの唯一の時間、唯一の歴史を、他人任せにしないで能《あた》う限りの力を尽くす。その上で、結果は後世の判断に任せる。それが、いまを生きていると胸を張って言える唯一の在り方ではないだろうか」

熱弁をふるう三木清に対して、クロサキはある種の感慨を禁じ得なかった。

三木清は——龍野中学一、一高でも他の追随を許さず、京都帝国大学創設以来の秀才と称《たた》えられたキヨシさんは何一つ変わっていなかった。やはりこの人は凄い人で、どうやっても敵《かな》わない。この人の前に出ると、自分がまるで飛べない家鴨のように思えてくる。

しかし、それならなぜ三木清はクロサキが立案したつまらない作戦の網にかかり、逮捕されなければならなかったのか？

不思議でならなかった。クロサキが立案した家鴨作戦は、もともと逮捕歴のない若手のインテリが標的《ターゲット》だ。検挙し、調書を作成する。それで実績となる。刑務所はすでにどこも満杯だ。予算も限られている。実績を確保した上でインテリ連中を脅し付け、監視付きで解き放つというのが作戦の方針だ。

だが、三木清の場合はそれでは済まない。

彼はかつて共産党に資金を提供したとして治安維持法違反に問われ、執行猶予付きの有罪判決を受けている。

今回、三木清は取り調べ中に警視庁から抜け出したタカクラの訪問をうけて自宅に匿《かくま》い、己の衣服や金を与え、逃亡を幇助した。切符まで手配してやっている。

共産主義者の逃亡幇助は、治安維持法違反に当たる犯罪行為だ。

治安維持法違反再犯者には執行猶予は付かない。調書を取って釈放できる他のインテリ連中とはわけが違う。長期収容は避けられない。タカクラが現れた時点で、三木清にはすべて予測できたはずだ。

合理的に考えれば、三木清はタカクラの訪問を拒絶すべきであった。三木清の行動は理性的なふるまいとはとても思えない。

クロサキには何としてもその点が理解できなかった。異例の直接訊問を決めたのも、三木清に理由を問い質《ただ》したかったからだ。

「最後に一つ確認する」

クロサキは机の上に身を乗り出し、低く囁くような声で三木に訊ねた。

「なぜあなたはタカクラを匿い、逃亡に手を貸したのか？　タカクラが逃亡中の共産主義者であることは知っていたはずだ」

三木清は一瞬訝しげに小首を傾げ、すぐに頷いて質問を肯定した。

なぜだ？　クロサキはきつく目を細めた。

共産党はかつて三木清を切り捨てた組織だ。よりにもよって、三木清が党に資金を提供したとして検挙され、勾留されたまさにその最中に「三木清の理論は観念的であり、党の活動をむしろ妨げるものである」と公式に批判し、彼を排除した。共産主義者たちは党の方針に従い、三木清に一斉に背を向けた。

味方だと思っていた者たちに裏切られた――。

三木の側にわだかまりがなかったはずはない。

手を差し伸べれば逮捕されるのはわかっていたはずだ。逮捕されたらどうなるのかも。それなのになぜ、かつて自分を切り捨てた共産党員を助けたのか？　自由意志でタカクラを拒むことができたはずだ。

三木清は不思議そうな表情を浮べて、逆にクロサキに訊ねた。

「彼は困っているから助けてほしいと言ってきたのだ。手を差し伸べない理由はないと思うがね？」

クロサキが無言でいると、眼鏡を外し、汚れを拭《ぬぐ》いながら何でもないように呟いた。

「共産党員というのは、彼の人格の一部にすぎない。それだけの話だよ」

三木清はそうして、高倉《タカクラ》氏とは京都帝国大学の学生だった頃からの知り合いであり、囲碁仲間でもある。彼は不思議な理想を抱いた文筆家であり、労働者のための優れた農場経営指導者でもある。人間は一つの属性からできているわけではない。お互いの窓はどんな時でも開かれているべきだ。そんな説明をした。

　クロサキは、理解できなかった。タカクラは共産党員として過去に三木を否定しているのだ。それにもかかわらず、自分が逮捕されるのがわかっていてなお、彼を助けるべきだというのか？

「そんなにおかしいことだろうか」

　三木清は汚れを拭ってきれいになった丸眼鏡の奥の目を光らせつつ言葉を続けた。

「助けを求めてきた相手に手を差し伸べる——それは共産主義者《アカ》や国家主義者《クロ》などという範疇《はんちゅう》の前に、人間として当たり前のことではないだろうか。例えば高倉氏が単に共産主義者という属性だけの存在ではないように、特高を指揮して共産主義者取り締まりを遂行する君もまた、内務官僚という立場が存在のすべてではないはずだ。人間はアカかクロかで仕分けされるような単純な存在ではない。もっと複雑で、全宇宙にも匹敵する大きな存在だ。だからこそ人間には、思想や心情、立場を超えて、互いに手を差し伸べ合うことができるのだ」

　静かな声で語る三木清を前に、クロサキは額に手を当てた。もはや言うべき言葉も、訊ねるべき質問も、何一つ残ってはいなかった。

ドアが開き、特高の刑事が顔を出した。

「そろそろ……」ドアノブに手をかけたまま、うんざりした顔で時計を示した。

いつの間にか、思った以上に時間が経過していた。

時間切れだ。

刑事が二人、クロサキの返事を待たずに取調室に入ってきて、三木を椅子から立ち上がらせた。刑事たちに促されて、三木は素直に立ち上がり、ドアに向かう。

彼らの背中にむかって、クロサキはとっさに声をかけた。

「人は《L'homme》一本《n'est》の葦に《qu'un》過ぎない《roseau,》」

三人の男が同時に足を止め、不審げにクロサキを振り返った。

クロサキは取り調べ机に両肘をつき、顔の前で指を組み合わせて、先を続けた。

「自然の中《le plus》で最《foible》も弱《de》い《la》もの《nature.》である。彼を押し潰すため《Il ne faut pas que》に世界《l'univers》全体《entier》が武装《s'arme》する《pour》には及ばない《l'écraser.》。蒸気《Une》や一《vapeur,》滴《une》の水《goutte》でも《d'eau,》彼を《suffit》殺す《pour》の《le》に十《tuer.》分である。」

『パンセ』の一節。若い頃、三木清の著作をきっかけに覚えたパスカルの言葉だ。

顔を見合わせた二人の刑事たちのあいだで、三木清は表情一つ変えることなくフランス語で応えた。

「たとえ世《Mais》界《quand》が彼《l'univers》を殺し《l'écraseroit,》ても《l'homme》、人《seroit》間は《encore》彼《plus》を殺《noble》す《que ce》も《qui》の《le》より《tue,》尊いだろう。

なぜなら彼は自分が死ぬことと、世界の自分に対する優勢とを知《parce qu'il sait qu'il meurt; et l'avantage que l'univers a sur lui,》っているからである。世界は何も知らない《l'univers n'en sait rien.》。我々の尊厳のすべては考えることの内に《Toute notre dignité consiste donc en la pensée.》ある。」

パスカルの言葉を一言一句誤たずに引用してみせた三木清は、不意に表情を緩め、

「この戦争は、もうすぐ終わる」

と、はっきりした口調で言った。唖然とする刑事たちを尻目に、クロサキをまっすぐに見て、

「君にもわかっているはずだ。この戦争で東京は——否、日本中がひどい有り様だ。戦争が終われば、焼け野原となったこの国を誰かが立て直さなければならない。アカだのクロだの言っている場合じゃない。その時は、お互いそれぞれの立場でできることをしよう。〝我々の尊厳のすべては考えることの内に《Toute notre dignité consiste donc en la pensée.》ある〟」

刑事たちがようやく我に返った様子で割り込んできた。

「この野郎、敵性外国語なんか使いやがって……」

「俺たちを馬鹿にしているのか」

「やっぱりアカだ」

「何が、もうすぐ戦争は終わるだ。非国民め」

「ふてえ野郎だ」

「行くぞ」

口々にそう言って、三木清を小突くようにして乱暴に向きを変えさせた。

クロサキは思わず椅子から立ち上がった。

──待て。

と言ったきり、言葉を失った。

なんてことだ、と思い、額に汗が浮かんだ。三木清はこの期に及んで、タカクラだけでなくクロサキにまで手を差し伸べようとしている。意見や立場が異なるから切り捨てるのではなく、手を差し伸べる。それが人間である、と三木清はいう。それが、若き日のパスカル研究以来、三木清がたどり着いた人間観《ヒューマニズム》なのだ。だが──。

「……いいですか」

年配の刑事の訝しげな問いに、クロサキは無言で頷いた。

刑事たちに促され、三木清はドアに向かった。最後にひょいと片手を挙げ、

──戦争が終わったら、また会おう。

陽気ともいえる口調でそう言って、取調室を出て行った。

＊三木清は終戦後一か月以上経過した昭和二十年九月二十六日、豊多摩刑務所拘置所内の劣悪な環境の中で死んでいるのを発見された。三木の死に衝撃を受けたＧＨＱは治安維持法廃止を指示。翌十月、治安維持法は特別高等警察（特高）とともに廃止された。

解説

森《もり》 絵《え》 都《と》

小林多喜二《こばやしたきじ》は悲劇的に死んだかもしれないが、決して悲劇的に生きたわけではない。二十九歳で夭逝《ようせい》したこの作家について語られるとき、獄死という最期だけがクローズアップされ、故に彼の人生そのもの——あるいは彼という人間そのもの——に暗く痛ましい影がついてまわる傾向を、私はつねづね残念に思っていた。

たしかに彼は揺るぎない信念のもとにプロレタリア文学を書き続け、『蟹工船』のような骨のある作品を遺《のこ》している。しかし、プロレタリア文学とは関係のない作品も遺している。たとえば、『老いた体操教師 瀧子其他』に収録されている短編小説「ある役割」は、失恋した青年がフランス語劇で豚の役を演じることになり、舞台の上で「ブー、ブー、ブー」と言わねばならない恥ずかしさと格闘する、という話である。妙に忘れがたいこの一編と出会って以来、小林多喜二というのは意外とひょうきんな人だったのではないか、と私は考えるようになった。知りたいのは彼の死に方ではなく生き方だった。

本書『アンブレイカブル』の第一話「雲雀《ひばり》」は、まさにその生き方を、そして多面性に富んだ多喜二の人となりを活き活きと焼きつけた作品である。気鋭の小説家である多喜二は、同時に小樽《おたる》の銀行に勤める行員でもある。女性行員たちに読書の手引きなどをする気のいい同僚である一方、笑いの絶えない家庭の夫でもある。常に温厚な彼はどこでも、誰からも好かれている。作中では、そんな多喜二と彼の発表した小説を対比したある人物が、「これを本当にあの人が書いたのですか？」と慄《おのの》く場面があるけれど、まさにそのギャップこそがこの小説の魅力であり、また多喜二自身の魅力でもあると思う。人たらしでお茶目、多芸多才でつかみどころのない快男児。緻密《ちみつ》に組まれたストーリーの面白さもさることながら、その愛すべき人物像にすっかり魅了された。

ちなみに、過去の著者インタビューを見るに、本書のタイトル『アンブレイカブル』は「敗れざる者たち」を示すようだ。たしかに全四話、どの主人公も何者にも奪うことのできない鋼の精神力を秘めている。死をも覚悟して何かに挑むとき、人間の命はこんなにも鮮烈に輝くものなのかと、彼らの静かな戦いを追いながら、その眩《まぶ》しさに何度も胸が震えた。

「雲雀」はまさしく小林多喜二の「生の光」に満ちた名編だ。その生に触れずして、どうして彼の死を心から悼めるだろうか。

生の光という点においては、第二話の「叛徒《はんと》」で描かれた川柳作家の鶴彬《つるあきら》も負けじと劣らない。

陸軍に入営後、鶴彬は新兵の身分で聯隊《れんたい》長に直言し、不敬の罪で処分を受ける。その後も懲りずに問題を起こし、軍法会議の席ですら堂々と持説を主張して、しゃべり疲れると「休ませてほしい」と悪びれず求める。空気を読まない天然くんのようにも見えるそれらの言動は、しかし、冷静に考えれば、いずれも至極当然のことだ。質問するのも、意見を言うのも普通のこと。その普通が罷《まか》り通らなかった狂気の時代、鶴彬は共に狂うことに命がけで抗《あらが》い続けた。そこに彼の強靱《きょうじん》なきらめきがある。

その鶴彬を追いかける二人――本書の全話を通じて登場する内務官僚のクロサキと、立場を異にする丸山《まるやま》憲兵大尉の対決も、本編における見所の一つである。鶴彬を社会から抹殺したいクロサキと、鶴彬の性根を叩《たた》き直したい丸山。現在の視座からすればどちらもどうかしているが、終始緊迫した彼らの対話からは、己の正しさを信じることでしかその時代を生きられなかった個々の切実さが伝わってくる。そして、最後に丸山の過去が明かされるとき、私たち読者は憲兵の軍服という鎧《よろい》に覆われていた彼の柔らかな内面に触れ、同時に、川柳という表現媒体の真価を（皮肉な結末とともに）目のあたりにするのである。

それにしても、特高の頂点に立つクロサキ参事官の存在は不気味だ。本書を読み進めるほどに、その空恐ろしさは増殖する。

そもそも特高自体がじつに奇怪な組織なのである。一九一〇年の大逆事件を機に、一九一一年に設置された警視庁の特別高等課。彼らは思想犯として狙い定めた人々を片っ端から検挙して拷問にかけ、その徹底ぶりによって国内の左派を壊滅せしめたのちも、弾圧の手を緩めることなく、むしろ暴走に輪をかけていく。

その異常さをありありと刻しているのが第三話の「カサンドラ」だ。

満鉄の調査室に勤める志木《しき》裕一郎《ゆういちろう》は、知人の出版社社員から「知り合いが最近、次々に、何人も消えてしまったのです……」と物騒な相談を持ちかけられる。どうやら神奈川県の特高が、都内の出版社に勤める人々を次々と引っぱっているようだが、その理由がわからない、と。

一体なぜ彼らは検挙されたのか。志木は合理的な筋道を立ててこの謎に挑むものの、どうにも理由が見つからない。そこではたと気付く。まともな論理のもとに動いていない組織の動機を解くには、まともに考えてはならないことに。志木が「東條内閣流の狂った算術」に則って事の真相に迫っていく過程は見事で、それ故に足下からヒルが這《は》い上がってくるような底気味の悪さを感じさせ、読後もぞわぞわとした波が胸に残る。この話が実在する事件をベースにしていることを思うと、尚さら波は荒ぶるのである。

それにしても、と私は読書中、一つの疑問を絶えず頭に渦巻かせていた。すでにこの時期、彼らの敵は検挙と拷問で総崩れになっていたにもかかわらず、なぜ特高はこれほど執拗《しつよう》に捜査の手を広げ続けなければならなかったのか？

第四話「赤と黒」ではこの謎の答えが明かされる。

特高が共産主義者や反戦主義者として目をつけた人々をどこまでも追いつめた動機――これが実に官僚的なのである。こんなことのために彼らは生の光を失わなければならなかったのか。頁をめくるほどにやり場のない怒りが募り、しまいには脱力した。取り返しのつかない過去を前にして、おそらく読者の多くが同じような虚脱を体験するのではないかと思う。だからこそ、本書のラストを締めくくるこの作品に登場する三木清《みききよし》が救いとなる。

クロサキと同郷にして真逆の道を行く哲学者、三木清。徹頭徹尾、自らの思考に則って動き続けた彼がいかにしてクロサキを圧倒せしめ、そして私たち読者を感動せしめるのか――未読の方はぜひともご自身で確かめていただきたい。少なくとも私は彼の人としての大きさ、あたたかさによって、虚脱の底から掬《すく》いあげられた一人である。

残念ながら、その三木清は小林多喜二と同様、獄中で死を迎えている。しかし、本書における彼のセリフ「共産党党員というのは、彼の人格の一部分にすぎない」に照らして言うならば、死というものも人生の一部分にすぎない。言うまでもなく重要なのは「いかに死んだか」ではなく「いかに生きたか」であり、本書『アンブレイカブル』は信念を貫く各主人公たちを徹底して死ではなく生の側から描いているからこそ、私たちはその輝きに力をもらうことができるし、そしてまた、だからこそ、その命が惜しくてしょうがないのである。

本書は、二〇二一年一月に小社より刊行された
単行本を加筆修正のうえ、文庫化したものです。

アンブレイカブル

柳《やなぎ》広《こう》司《じ》

令和6年 1月25日　初版発行

発行者●山下直久

発行●株式会社KADOKAWA
〒102-8177　東京都千代田区富士見2-13-3
電話　0570-002-301（ナビダイヤル）

角川文庫 23980

印刷所●株式会社暁印刷
製本所●本間製本株式会社

表紙画●和田三造

●お問い合わせ
https://www.kadokawa.co.jp/（「お問い合わせ」へお進みください）
※内容によっては、お答えできない場合があります。
※サポートは日本国内のみとさせていただきます。
※Japanese text only

ISBN 978-4-04-113475-7　C0193

◇◇◇

角川文庫発刊に際して

角川源義

第二次世界大戦の敗北は、軍事力の敗北であった以上に、私たちの若い文化力の敗退であった。私たちの文化が戦争に対して如何に無力であり、単なるあだ花に過ぎなかったかを、私たちは身を以て体験し痛感した。西洋近代文化の摂取にとって、明治以後八十年の歳月は決して短かすぎたとは言えない。にもかかわらず、近代文化の伝統を確立し、自由な批判と柔軟な良識に富む文化層として自らを形成することに私たちは失敗して来た。そしてこれは、各層への文化の普及滲透を任務とする出版人の責任でもあった。

一九四五年以来、私たちは再び振出しに戻り、第一歩から踏み出すことを余儀なくされた。これは大きな不幸ではあるが、反面、これまでの混沌・未熟・歪曲の中にあった我が国の文化に秩序と確たる基礎を齎らすためには絶好の機会でもある。角川書店は、このような祖国の文化的危機にあたり、微力をも顧みず再建の礎石たるべき抱負と決意とをもって出発したが、ここに創立以来の念願を果すべく角川文庫を発刊する。これまで刊行されたあらゆる全集叢書文庫類の長所と短所とを検討し、古今東西の不朽の典籍を、良心的編集のもとに、廉価に、そして書架にふさわしい美本として、多くのひとびとに提供しようとする。しかし私たちは徒らに百科全書的な知識のジレッタントを作ることを目的とせず、あくまで祖国の文化に秩序と再建への道を示し、この文庫を角川書店の栄ある事業として、今後永久に継続発展せしめ、学芸と教養との殿堂として大成せんことを期したい。多くの読書子の愛情ある忠言と支持とによって、この希望と抱負とを完遂せしめられんことを願う。

一九四九年五月三日